LES COLONS VIKINGS

ROMANCE TORRIDE CHEZ LES VIKINGS

VIKINGS TORRIDES
TOME 3

PEYTON LAWSON

GUNNAR : SAUVÉ PAR UNE SERVANTE DANOISE

UNE ROMANCE HISTORIQUE TORRIDE SUR LES VIKINGS

PROLOGUE

Sven avait accompli son temps de service comme second de Lief et avait reçu sa récompense. Lui et sa sœur rêvaient de naviguer sur les mers avec leurs familles. La réalisation de leur rêve avait laissé Lief sans second. Le Roi ne pouvait tolérer cela et avait personnellement choisi la personne parfaite pour ce poste. À l'aube, Lars et sa sœur, Laga, avaient navigué vers les côtes anglaises pour aider à diriger la colonie de la Pointe.

Lars s'était adapté à son nouveau rôle de second comme un poisson dans l'eau. Lief savait que le Roi avait bien choisi. Lars était jeune, robuste, et possédait une vaste expérience dans les combats et les expéditions dangereuses. Pour quelqu'un de son âge, ses compétences étaient impressionnantes.

Lars voulait rendre le Roi fier. Et voyant à quel point Lief l'avait bien accueilli, lui et sa sœur, Lars voulait aussi rendre Lief fier. Bien que Lars appréciât les éloges et les encouragements constants de Lief, il gardait un secret. La plupart de ses connaissances apparentes, il les simulait. Lars ne comprenait pas l'aspect technique de la gestion de la colonie, et il n'était pas très doué avec les chiffres. Mais son secret était resté caché jusqu'à présent, principalement grâce à son attitude arrogante et son excès de confiance.

Les compétences de Lars furent mises à l'épreuve le jour où le Roi lui-même se rendit à la Pointe pour voir comment les choses se passaient. Grâce à l'aide de ses frères d'armes – Birgen et Olga – qui avaient voyagé jusqu'à la colonie avec Lars, la visite du Roi se déroula à merveille.

—Je dois dire, jeune Lars, que je suis impressionné. Je savais que mon jugement n'était pas infondé, déclara le Roi avec enthousiasme.

—Merci, Chef. Vos paroles me touchent beaucoup. Votre confiance en moi est également appréciée, s'inclina Lars.

—Il s'est révélé être un atout précieux, sourit Lief, chose qui arrivait rarement.

—Heureux de l'entendre, Lief. Nous avons des choses à discuter. Le Roi emmena Lief loin du groupe, laissant Birgen, Olga et Lars à leurs réflexions.

C'était inévitable. Les murmures autour de la colonie laissaient entendre que Lief croyait qu'une guerre se profilait à l'horizon. Avec ces rumeurs venaient aussi des inquiétudes quant à l'identité du véritable ennemi. Birgen et Olga brûlaient d'en parler depuis des jours, depuis leur arrivée, mais Lars avait réussi à éviter leurs questions. Maintenant, avec la visite du Roi, il ne pouvait plus les esquiver.

—Tu sais que le Chef ne ferait pas le voyage depuis le Danemark sans une bonne raison. Nous savons tous qu'il n'a pas vérifié comment les Jürgensen se débrouillaient quand ils ont commencé l'autre colonie. Quelque chose se prépare, murmura Birgen, prenant garde à ne pas être entendu.

—Lief croit qu'une guerre approche ; avec cette visite improvisée, je pense qu'il pourrait avoir raison, dit Olga.

—Nous avons toujours eu des problèmes avec les Anglais. Ils ont attaqué une fois. Alors, qui peut affirmer qu'ils ne recommenceront pas ? demanda Birgen.

—As-tu peur, mon ami ? sourit Lars d'un air narquois.

Birgen se redressa, dégaina son épée et la fit tournoyer plusieurs fois dans des mouvements complexes.

—Est-ce que j'ai l'air d'avoir peur, mon frère ? rit Birgen.

—Jusqu'à ce que nous entendions les mots de la bouche de Lief, tout n'est que spéculation. Ne vous préoccupez pas de choses qui dépassent votre rang, rétorqua Lars sèchement.

Il n'avait pas voulu paraître aussi condescendant, mais la vérité était que son estomac se nouait à l'idée d'une guerre.

—Le pouvoir te monte à la tête, Lars, répliqua Olga. Sa voix était un avertissement de ne pas dépasser les bornes à nouveau.

—Je ne le pensais pas comme ça. Vous savez que vous êtes comme ma famille. En parlant de famille, je dois aller voir comment va Laga, voir comment elle s'installe, répondit Lars, s'éclipsant rapidement, espérant éviter d'autres questions.

—Laga ira bien. Elle vit la tête dans les nuages. Je parie que toutes ces rumeurs de guerre ne sont même pas parvenues à ses oreilles, fit remarquer Olga.

Lars n'avait jamais compris pourquoi Olga n'aimait pas tant sa sœur. À chaque occasion, elle faisait des commentaires sur le peu d'estime qu'elle lui portait ou dénigrait le travail qu'elle effectuait. Même s'il existait une querelle dont il n'était pas au courant, Laga était sa sœur, et il ne laisserait personne parler d'elle de cette façon.

—Laga est une guerrière compétente. Ne la sous-estime pas simplement parce qu'elle joue le rôle de bergère. Je l'ai vue abattre des loups à mains nues. Corrige-moi si je me trompe, Olga, mais n'as-tu pas peur des chiens ?

Olga se raidit et ne dit rien. Son visage était aussi dur que la pierre et tout aussi indéchiffrable.

—C'est bien ce que je pensais. Réfléchis à deux fois avant de parler de ma sœur.

Lars détestait se disputer avec ses amis. Ils avaient renoncé à leurs propres vies au Danemark pour le suivre et commencer une nouvelle vie en Angleterre. Lars pensait qu'Olga avait un problème avec le fait que Laga n'était pas une Viking, malgré sa naissance danoise. Lars ne pouvait pas se permettre de réfléchir davantage à cette dispute, alors il traversa le château à la recherche de sa sœur.

En quittant la porte principale du château dans un accès de colère aveugle, il heurta de plein fouet un grand étranger vêtu de noir.

—Regarde où tu vas, l'homme ! aboya Lars.

—Mes excuses, répondit l'étranger, gardant son visage caché.

—Pourquoi cherches-tu le château ? demanda Lars, inquiet.

—Je cherche le forgeron.

Lars ne pensa pas à poser d'autres questions et continua sa recherche de Laga.

CHAPITRE 1

LAGA AVAIT REGARDÉ son frère partir aventure après aventure aussi longtemps qu'elle s'en souvienne. Elle restait à la maison, attendant son retour pour qu'il lui raconte tout sur ces contrées lointaines, les coutumes étranges, les modes et les habitudes alimentaires d'autres nations. Le monde était si vaste, et Laga voulait tout voir.

Quand Lars l'avait recommandée au Roi, elle avait été folle de joie. Voyager vers ces rivages étranges et mystiques était un rêve devenu réalité. Elle ne s'était jamais considérée comme quelqu'un de spécial. Elle avait passé sa vie à s'occuper de la ferme familiale. Ces compétences qu'elle avait continuellement sous-estimées étaient devenues son ticket vers son rêve, et elle s'était juré de ne plus jamais les déprécier.

Certains l'avaient désapprouvée parce que, bien que née danoise, Laga, contrairement à son frère Lars, n'était pas une Viking. Cependant, quand d'autres se précipitaient pour la critiquer, Lars était prompt à la défendre.

—Je défie l'un d'entre vous de faire ce qu'elle fait. Sans elle, aucun de vous ne serait nourri. Nommez-moi quelqu'un de meilleur que Laga pour s'occuper du bétail. Osez l'un de vous combattre un loup ou un ours quand ils viennent pour notre bétail ? Ne vous en prenez plus à ma sœur. Elle est tout aussi capable que n'importe lequel d'entre vous. D'ailleurs, sa présence ici est sur ordre du Roi.

Laga se souvenait encore du sourire satisfait sur le visage de son frère et de l'éclair de fierté dans ses yeux. Elle ne saurait jamais comment le remercier pour cette opportunité. À la place, elle avait juré de ne pas trahir sa confiance. La colonie en était rapidement venue à dépendre d'elle pour s'occuper des troupeaux. Personne d'autre ne pouvait contrôler les animaux comme elle. C'était presque comme si elle pouvait leur parler ; ils l'écoutaient et lui obéissaient.

Chaque jour, Laga s'aventurait un peu plus loin tout en gardant toujours la colonie en vue. Elle aspirait à explorer ces terres. Là où le temps pouvait changer en un clin d'œil, les collines et les arbres offraient de multiples nuances de vert. Tant de gens désiraient appeler cet endroit leur foyer. Il y avait une magie dans cette terre ; Laga pouvait la sentir.

Laga avait une vue parfaite sur la terre et la mer du haut de la colline juste au nord de la Pointe. Elle pouvait voir à des kilomètres et faisait une carte mentale des endroits qu'elle prévoyait d'explorer ensuite. Les chèvres et les moutons de la colonie broutaient à proximité sous l'œil vigilant de Donald, un jeune garçon du village que Laga avait pris sous son aile.

—Laga ! tonna la voix de Lars, tirant Laga de sa rêverie.

—Mon frère, à quoi dois-je ce plaisir ?

—Que fais-tu ici ? exigea Lars.

—J'emmène paître le troupeau. C'est une partie de mon travail. Je pensais que tu le savais puisque c'est toi qui me l'as obtenu, répondit Laga.

—Tu sais très bien ce que je veux dire. Tu t'es trop éloignée de la colonie.

—S'il te plaît, Lars. Je ne suis pas une enfant. Je suis parfaitement capable de m'occuper du troupeau et de moi-même. J'ai Donald, ce n'est pas comme si j'étais seule.

Lars chercha le garçon sur le flanc de la colline. Le garçon était à peine sevré, pas plus de douze ou treize hivers. Il était maigre et semblait avoir peur de sa propre ombre. Ses cheveux étaient une touffe rousse et bouclée, et sa peau était aussi claire que la neige de leur pays. Le garçon s'occupait d'une chèvre blessée, bandant sa patte.

—Lui ? Laga, les chèvres pourraient mieux te protéger. Regarde, l'une des chèvres est blessée. C'était une mauvaise idée. Je t'ordonne de retourner immédiatement à la colonie, tonna Lars.

—Tu m'ordonnes ? sourit Laga, haussant l'un de ses sourcils parfaitement dessinés.

—Ce n'est pas parce que tu ne vois aucun signe que les troupes britanniques ne sont pas à proximité. Lief nous met en garde contre la guerre. Le Roi est venu en visite. Pour quelle autre raison si la menace d'une attaque n'est pas imminente ? Tu ne t'aventureras plus aussi loin de la colonie désormais, argumenta Lars.

—Lars, je ne suis pas une enfant ! s'emporta Laga.

—Tant que tu seras sous ma protection, tu feras ce que je dis, tonna Lars avant de se retourner et de se diriger vers le château.

Laga le regarda partir, le sang bouillant. Elle aspirait au jour où son frère la verrait comme la guerrière capable qu'elle était. Elle désirait ardemment qu'il la regarde comme il regardait les vierges au bouclier. Pourtant, elle craignait qu'il ne la voie jamais autrement que comme sa petite sœur et une ouvrière agricole.

—Laga, viens, appela Donald, arrachant Laga à sa résolution.

—Qu'y a-t-il ? demanda-t-elle.

Donald était un garçon maigre et grand, tout en membres sans muscle. Les autres enfants du village s'étaient moqués de lui parce qu'il n'était pas très robuste. Mais il était intelligent et doué avec les animaux, alors Laga avait proposé de lui apprendre à s'occuper de la ferme. Le harcèlement avait cessé dès que les Vikings s'étaient intéressés à lui.

—Cette chèvre, je suis sûr que c'est l'un des jumeaux. Je n'arrive toujours pas à trouver sa sœur. Je vais continuer à chercher mais j'ai pensé qu'il valait mieux t'en informer, dit-il.

—Tu as bien fait, Donald, merci. Je m'en occupe à partir de maintenant, sourit Laga, s'agenouillant et caressant la tête de la chèvre.

La chèvre pouvait se tenir debout ; sa patte blessée ne la gênait pas beaucoup. C'était bon signe. Elle ne poserait pas de problème pour rentrer. Sachant que la chèvre ne présentait aucun problème, l'esprit de Laga commença à vagabonder. C'était sa chance d'explorer. Lars ne pourrait pas être en colère contre elle si des animaux disparaissaient. Il serait logique qu'elle parte à la recherche d'un fugueur.

La terre était trop envoûtante et mystérieuse pour ne pas être explorée. Quelles créatures les bois abritaient-ils ? Quels autres peuples appelaient cette terre leur foyer ? Laga avait tant de questions.

—Donald, tu ne chercheras pas seul. Je vais t'accompagner, sourit Laga, prenant la chèvre dans ses bras et suivant le jeune garçon.

—Mais Laga, et Lars ? s'inquiéta Donald.

—Les avertissements de mon frère sont stupides. Nous n'allons pas loin, et nous pouvons toujours voir la colonie d'ici. Le chevreau doit être à proximité. Elle n'a pas pu aller bien loin.

Avec hésitation, Donald acquiesça et la conduisit en haut de la colline. L'aventure attirait Laga comme le chant des sirènes. Son sang dansait d'excitation à l'idée de ce qu'elle pourrait découvrir à chaque tournant. Elle savait qu'elle aurait dû s'inquiéter lorsque les nuages s'assombrirent et que le vent se leva. Mais une tempête ne faisait qu'ajouter à sa curiosité. Après tout, l'incertitude faisait partie de l'aventure.

CHAPITRE 2

LA TEMPÊTE ARRIVA DU SUD, traversant la mer. Le vent soufflait fort et rapide, mais même alors que le vent se levait et que le tonnerre grondait dans le ciel, la préoccupation de Laga restait la chèvre disparue. Poursuivant sa recherche, Laga remarqua des traces dans la terre. Elles menaient aux falaises, où un ensemble de grottes se cachait parmi les arbres.

— Laga, la tempête approche rapidement ; nous devrions partir, s'inquiéta Donald.

— Retourne avec le reste du troupeau. Je me débrouillerai seule.

— Mais Laga.

— Mais rien du tout, Donald. Ton inquiétude me touche, mais je t'assure que je te suivrai bientôt, sourit Laga.

Elle s'était rapidement attachée au garçon Quelque chose chez lui sonnait juste, comme s'il était une âme sœur. Elle le regarda rassembler le troupeau et les conduire en bas de la colline. Une fois qu'elle fut sûre qu'il était assez proche de la maison, elle continua à suivre les traces avant que la pluie imminente ne les efface.

Les empreintes la menèrent profondément dans les bois, sous des branches épaisses et basses, près du surplomb des falaises. Elle entendit des bruissements et des branches qui craquaient sous des pas et sut qu'elle était sur la bonne voie. Ce ne fut pas long avant qu'elle ne trouve le chevreau dans une crevasse. Il s'était aventuré assez loin du reste du troupeau, et Laga était certaine que, si elle ne l'avait pas cherché, la pauvre chèvre n'aurait jamais retrouvé son chemin vers la maison. Elle serait probablement devenue la victime des chiens qui hurlaient dans la nuit.

— Viens ici, petite fauteuse de troubles, gloussa Laga, en prenant la chèvre dans ses bras et en l'examinant.

Malgré le terrain accidenté et envahi par la végétation, la chèvre n'était pas blessée. À cet instant, un fort coup de tonnerre et un éclair vif effrayèrent à la fois Laga et sa petite chèvre.

— Je crois que nous ferions mieux de nous abriter jusqu'à ce que la pluie se calme, dit Laga, caressant la tête de la chèvre pour calmer son cœur qui battait la chamade.

La pluie tombait en grosses gouttes, trempant rapidement les vêtements de Laga et la faisant frissonner. Elle suivit le chemin et se faufila dans une grotte basse, se baissant et se glissant à l'intérieur comme une enfant. Elle s'assit à écouter la tempête et à regarder comment la terre l'accueillait, la façon dont les arbres se pliaient sous le vent, et la terre assoiffée qui étanchait sa soif en absorbant chaque goutte de pluie.

Comme ses jambes commençaient à avoir des crampes et que le vent envoyait de la pluie dans la grotte, Laga décida de s'aventurer plus profondément. Elle rampa le long du sol de la grotte avant d'arriver à une ouverture où elle pouvait se tenir confortablement debout, et elle remarqua les étranges marques sur le mur.

— Je n'ai jamais vu des runes comme celles-ci. Je me demande ce qu'elles signifient, dit Laga. Elle avait l'habitude de parler à son bétail.

Laga passa ses doigts sur les runes, essayant de les mémoriser pour plus tard. Elles courbaient d'une manière qu'elle ne comprenait pas. Elles avaient des lignes dures et semblaient presque en colère. Une sensation dans son ventre lui disait que ces runes étaient importantes et devaient être examinées par quelqu'un qui savait mieux les lire qu'elle.

Humant l'air, elle perçut la faible odeur de brûlé. La curiosité et l'envie d'aventure obscurcirent son jugement habituellement sain tandis qu'elle s'aventurait plus profondément, suivant l'odeur.

La déception l'inonda quand tout ce qu'elle trouva fut les restes d'un feu de camp récent.

— Rien d'intéressant ou d'excitant là-dedans, grogna Laga.

Reprenant le chemin par où elle était venue, elle examina les gravures sur le mur d'un peu plus près. Elles n'étaient pas très profondes et semblaient avoir été gravées récemment. La poussière s'accumulait encore sur le rebord en dessous, là où les roches avaient été gravées. Elle ne savait pas pourquoi, mais elle savait qu'elle devait en parler à Lars, même s'il désapprouverait qu'elle ait désobéi à ses ordres.

— Lars devra attendre après la tempête.

S'asseyant près de l'entrée de la grotte, Laga câlina la petite chèvre jusqu'à ce qu'elle la sente s'endormir dans ses bras. Elle s'imprégnait de tout ce qui concernait ce nouvel endroit qu'elle avait découvert. Les vues, les odeurs et les textures tandis qu'elle attendait que la tempête se termine.

Dès qu'elle jugea que c'était sans danger, Laga retourna vers la ville. L'obscurité approchait, et elle accéléra le pas, sentant qu'elle devait rapporter ses découvertes de toute urgence. Bien sûr, elle voulait en parler à Lars. Mais à vrai dire, elle voulait parler à n'importe qui, même à Olga, de ce qu'elle avait trouvé. Une part d'elle espérait que ce serait le début pour que tout le monde la prenne au sérieux.

Laga laissa la petite chèvre s'étirer les jambes pendant le voyage de retour. Alors qu'elle traversait la ville, son regard était fixé sur sa petite fugueuse, et elle ne vit pas l'étranger encapuchonné qui venait dans sa direction. Au lieu de cela, elle heurta son épaule et sentit un mur de muscles caché par le tissu.

— Veuillez m'excuser, acquiesça Laga, partant rapidement à la poursuite de la chèvre.

— Excuses acceptées, grogna une réponse.

Laga regarda par-dessus son épaule l'étranger encapuchonné qui s'était arrêté pour la regarder. Il leva la tête, montrant brièvement une petite portion de son visage. Une barbe blonde courte et nette encadrait une mâchoire forte. Il y avait des perles tressées dans la partie la plus longue de sa barbe. Une cicatrice s'étendait sur un côté de sa joue, menant à des yeux bleus perçants. Ses cheveux étaient coupés près du crâne tandis qu'une longue tresse blonde cascadait sur son épaule.

Cette vision suffit à Laga pour s'arrêter et en prendre note. Elle savait que sa mâchoire était tombée au vu du léger sourire sur son visage, mais elle ne pouvait pas bouger. Elle était figée sur place par le bel étranger à la voix comme du gravier. Elle ne manqua pas non plus comment il la regarda de haut en bas à deux reprises avant de se retourner rapidement et de quitter le village.

Qui était-il ? Elle n'était pas dans la colonie depuis longtemps, mais sûrement, elle se serait souvenue d'avoir vu un visage comme celui-là. Laga décida qu'il valait mieux l'oublier. S'il était du village, elle le reverrait. Laga continua sa recherche de quelqu'un à qui parler des runes.

CHAPITRE 3

— Est-ce que je t'ai ordonné ou non de rentrer à la maison ? rugit Lars.

— Lars, je ne suis pas une enfant. Je ne suis peut-être pas une Viking ou une vierge guerrière, mais je te mettrai à terre si tu me parles encore comme ça, répliqua sèchement Laga.

Si Laga ne se trompait pas, elle aurait juré avoir vu un sourire amusé sur le visage de son frère et, oserait-elle le dire, une lueur de respect ?

— Qu'est-ce qui t'excite tant avec ces runes ? Tu ne sais même pas les lire, insista Lars.

— Je ne sais peut-être pas les lire, mais j'en ai vu suffisamment pour savoir que celles-ci sont différentes.

Laga sortit une lame de sa botte et grava dans le sol à leurs pieds les runes dont elle se souvenait.

— Elles ressemblaient à ça, et elles étaient fraîches ; la poussière reposait encore sur le sol, insista Laga.

Lars examina les runes avant de passer une main sur son visage frustré. Il croisa les bras avant de se redresser et de soupirer profondément.

— Laga, ces runes n'ont rien d'extraordinaire. Elles viennent probablement du Jarl Halfden. Nous connaissons tous les ravages qu'il a causés avant que le Roi ne l'élimine. Il les a probablement gravées lors de son passage par Lief et son groupe quand il a caché le Danegeld. Laisse ces choses aux personnes qui les comprennent. Occupe-toi simplement de ton troupeau.

Lars attira sa sœur contre lui et déposa un doux baiser sur son front avant de la laisser à ses réflexions. Bien que son geste se voulût réconfortant, il mit Laga en rage. Elle n'était peut-être pas aussi versée dans ces sujets que Lars et ses amis, mais elle savait qu'elle avait raison à propos des runes.

— Et le feu de camp ? Comment l'expliques-tu ? Il était bien trop récent pour être celui de Halfden, tempêta-t-elle en le poursuivant.

— Tu t'es abritée d'une tempête ; tu ne peux pas être assez stupide pour ne pas penser que d'autres auraient fait la même chose. Maintenant, il se fait tard. Va te reposer. Tu en as besoin.

Laga regarda son frère s'éloigner tandis que son sang bouillonnait. Pourquoi personne ne la prenait-elle jamais au sérieux ? Pourquoi personne ne l'écoutait ? Ce n'est pas parce qu'elle était bergère qu'elle était simplette. Elle était intelligente, forte et endurante. Elle apprenait vite et avait retenu plus des récits d'expéditions et de raids de Lars qu'il ne le savait. Elle avait suffisamment observé l'entraînement des vierges guerrières pour comprendre comment manier une épée. Ses tactiques n'étaient peut-être pas aussi efficaces que les leurs, mais elle savait se défendre. Sans elle, la colonie n'aurait ni nourriture ni laine pour les tenir au chaud en hiver. Cela l'exaspérait que tant de gens méprisent son travail acharné.

— J'ai besoin de me reposer ? Je vais te montrer qui a besoin de repos, marmonna Laga après son frère.

Insatisfaite de sa réponse, Laga décida que s'il n'allait pas enquêter sur les runes, elle le ferait. Même en pleine nuit, elle se souvenait du chemin. Alors, elle monta la garde à l'entrée de la grotte depuis la cime d'un arbre, ses mouvements dissimulés par le bruissement des feuilles agitées par les vents qui soufflaient encore.

Qui était là ? Que cachaient-ils ? Était-ce un ennemi ? Ou simplement des amants se cachant des regards indiscrets ? Elle devait savoir. Elle avait remarqué la disparition d'animaux dans la colonie et les villages voisins. Au début, elle se demandait si c'était l'œuvre des loups. Mais maintenant, alors que les pièces du puzzle s'assemblaient, elle envisageait la possibilité que le prédateur en question soit peut-être d'origine humaine.

Elle surveilla la grotte jusque tard dans la nuit, examinant chaque changement dans les ombres aussi attentivement que possible. Cependant, Laga ignorait qu'elle était elle-même observée.

CHAPITRE 4

GUNNAR ÉTAIT UN NORROIS, né et élevé en Norvège et ennemi juré des Danois. Lui et ses compatriotes norrois avaient campé à la Pointe plusieurs fois au cours des derniers mois. Il avait entendu dire que les habitants qui désapprouvaient les gens de son espèce avaient essayé de prévenir les colons vikings de leur présence. Gunnar trouvait amusant qu'ils aient rejeté de telles affirmations et supposé que les campements appartenaient à un homme qu'ils appelaient Halfden, qui aurait, selon la rumeur, pris parti pour les Britanniques.

Stupides Vikings, toujours à se croire si intelligents, avait pensé Gunnar.

Ils ne savaient même pas qu'il avait franchi leurs murs pour mener son enquête. Il s'était fait passer si facilement pour l'un des leurs, et personne n'avait sourcillé. Ils lui rendaient la tâche trop facile.

Le chef de la colonie de Gunnar l'avait chargé de découvrir autant d'informations que possible sur les Danois. Leur colonie était-elle permanente ? Pourquoi étaient-ils ici ? Quels problèmes avaient-ils avec les Britanniques ? Et surtout, représentaient-ils une menace pour la colonie norroise ?

Le nouveau foyer de Gunnar sur les côtes anglaises se trouvait beaucoup plus loin sur la côte rocheuse, suffisamment éloigné pour ne pas être une préoccupation. Mais les Vikings et les Norrois avaient un passé tumultueux. Toute menace restait une menace, aussi minime soit-elle.

Gunnar passait ses journées à s'infiltrer dans la colonie danoise et à recueillir des informations. La nuit, il campait dans les grottes peu profondes au cœur des bois, dissimulées par la section la plus dense d'arbres et de buissons envahissants.

La fille qui était maintenant perchée dans les arbres, surveillant sa cachette, devenait problématique. Ce n'était pas la première fois qu'il la voyait là. Et il était certain qu'elle aurait signalé ce qu'elle avait découvert.

Gunnar restait caché dans l'ombre, l'observant. Elle était belle pour une Danoise. Des traits acérés qu'on ne pouvait décrire que comme sévères. Une mâchoire forte avec des pommettes hautes.

Ses yeux sombres en amande et ses cheveux noirs d'ébène descendaient le long de son dos jusqu'à l'arrière de ses cuisses. C'était une femme forte, Gunnar pouvait le dire ; même cachée sous ses vêtements épais, il savait qu'elle avait un corps magnifique.

Elle lui avait troublé l'esprit depuis qu'elle l'avait bousculé. Ses yeux s'étaient écarquillés et sa mâchoire s'était ouverte quand leurs regards s'étaient croisés. Il ne l'oublierait pas. Pourtant, sa beauté n'avait aucune importance. Elle était un problème qui devait être résolu. Si elle rapportait ce qu'elle avait vu et que d'autres venaient, Gunnar serait découvert, et les menaces deviendraient imminentes.

Gunnar aimait cette grotte. Elle était bien cachée, invisible à moins qu'on ne la cherche. Elle était enfouie profondément dans la falaise, protégée des intempéries par les arbres, et elle était suffisamment confortable pour une grotte. Maintenant, il devrait trouver un autre endroit pour camper la nuit.

Gunnar s'éclipsa, laissant la fille espionner une grotte vide, pour explorer le bord de la falaise plus haut sur la colline. Les grottes là-bas seraient plus exposées aux éléments, mais au moins il aurait un meilleur point de vue si quelqu'un venait chercher. Et ce serait assez loin des yeux indiscrets de la belle fille.

Peut-être qu'une falaise plus proche de la colonie serait préférable. De cette façon, si je suis découvert, la fuite sera plus rapide, pensa Gunnar.

La tempête survenue plus tôt dans la journée était arrivée rapidement et violemment, puis était repartie tout aussi vite. Mais même si sa visite avait été brève, l'orage avait laissé sa marque. Les bottes de Gunnar s'enfonçaient dans la terre détrempée, rendant le bord de la falaise glissant et dangereux. Il devait être prudent. Il ne pouvait pas voir ce qui se trouvait au pied des falaises à cette heure de la nuit ; il faisait beaucoup trop sombre. Et il n'avait pas envie de tomber sur ce qui pourrait être un chemin de rochers acérés qui entraînerait très probablement sa mort.

Mais la prudence à elle seule peut parfois être dangereuse. En essayant d'éviter le bord, Gunnar ne vit pas la fissure dans la crête. Son poids envoya les rochers sous ses pieds dégringoler, l'entraînant avec eux. Gunnar griffa et enfonça ses mains dans la terre, essayant de se hisser, mais le sol était trop humide à cause de la pluie, et la terre glissait entre ses doigts.

Acceptant son sort, il tomba. Sa dernière pensée fut pour la fille.

Tout ça, c'est de sa faute : Curieuse, fouineuse, magnifique femme danoise. Elle aurait dû me ficher la paix, pensa Gunnar.

Ses yeux brillèrent dans son esprit. La courbe de ses lèvres. Ces lèvres épaisses et magnifiques.

CHAPITRE 5

LA LUMIÈRE d'un nouveau jour ramena Gunnar à ses esprits. Il avait dû tomber et se cogner durement la tête pour être resté inconscient toute la nuit. La lumière lui piqua les yeux tandis qu'il les ouvrait en clignant. Il était certain d'avoir vu quelque chose, mais il lui fallut un moment pour que sa vision s'adapte. Puis, enfin, il se rendit compte que quelqu'un était agenouillé au-dessus de lui. Pas n'importe qui, mais la beauté aux cheveux de jais de la veille.

— Tu es blessé ? s'exclama-t-elle.

Gunnar souffrait de la tête aux pieds. Ses vêtements étaient trempés et couverts de boue ; il ne désirait rien de plus qu'un bain. Il se redressa en position assise et se frotta la nuque. Il remercia les dieux de n'avoir que des bleus et des coupures.

— Je vais bien, mentit Gunnar. Il essaya de se lever, mais sa cheville lui envoya une douleur aveuglante dans tout le corps.

— Tu ne peux pas te tenir debout. Tu es blessé.

Gunnar ne dit rien, observant attentivement la jeune fille. Il pouvait dire par son regard inquisiteur et la façon dont ses yeux parcouraient son corps, examinant ses traits et ses vêtements, qu'elle essayait de déterminer quoi faire de lui. Gunnar devait réfléchir vite. Il ne pouvait pas lui permettre de révéler son secret.

— Nous autres Danois ne connaissons pas la signification du mot douleur, grimaça Gunnar, se forçant à se lever.

La femme l'examina de la tête aux pieds. Gunnar garda les yeux fixés sur son visage mais ne manqua pas de remarquer comment sa main se porta à sa hanche. Il savait qu'elle cherchait une arme.

— Un simple faux pas, c'est tout, dit Gunnar.

Il fit un pas pour partir mais ne put tenir debout et s'effondra à nouveau au sol.

— On dirait que je ne vais aller nulle part pendant un moment, plaisanta Gunnar, espérant briser l'expression de pierre qu'elle lui adressait.

— Parfait, ça veut dire que tu peux répondre à mes questions, sourit-elle.

Elle s'assit en face de lui, croisa les jambes et continua à le fixer. Il ne pouvait qu'admirer sa détermination.

— Comment t'appelles-tu ? demanda-t-elle.

— Gunnar.

— D'où viens-tu ?

— De la colonie de la Pointe, mentit Gunnar.

— Menteur ! J'y habite, et je ne t'ai jamais vu, lança-t-elle sèchement.

— Tu ne peux pas prétendre connaître tout le monde. De nouvelles personnes arrivent constamment.

Sa réponse sembla lui suffire. Ses lèvres formèrent une ligne droite et dure. Elle ne savait pas quoi dire d'autre. Elle ne le croyait peut-être pas, mais elle avait du mal à déconstruire ses mensonges. C'était un mensonge simple. Les meilleurs mensonges le sont toujours.

— Je ne t'ai peut-être pas rencontré, mais mes petits espions connaissent tout le monde. Nous verrons donc si ton histoire sonne juste, sourit Laga, d'un sourire malicieux et entendu.

— Tu n'as pas d'espions, railla Gunnar, essayant de la provoquer pour l'empêcher de partir. Il avait besoin de plus de temps pour la convaincre.

— Bien sûr que si. Mon petit Donald traverse la vie ignoré. Les gens le sous-estiment souvent parce qu'il a l'air faible, mais je ne m'y suis pas trompée. Il s'est avéré inestimable, dit-elle en se levant et en se préparant à partir.

Donald ? Ce nom lui semblait familier. Rapidement, Gunnar fouilla sa mémoire. Il avait vu un jeune garçon aux cheveux roux flamboyants qui s'occupait principalement des animaux. Mais il avait aussi une façon de se faufiler dans des endroits où les enfants ne devraient pas être vus. Si quelqu'un savait que son histoire était un mensonge, ce serait lui. Gunnar ne pouvait pas la laisser partir.

— Attends ! grogna Gunnar, se forçant à se lever, serrant les dents pour supporter la douleur.

Gunnar fit un pas en avant et saisit son poignet. Elle tourna brusquement la tête pour le regarder, et une fois de plus, elle le regarda comme s'il était le seul homme au monde. Gunnar sentit son pouls s'accélérer et son corps réagir à son regard. Un feu s'alluma dans son sang, un feu qu'il n'avait jamais ressenti auparavant. C'était enivrant et intrigant.

— Tu ne m'as jamais dit ton nom, souffla Gunnar, ses yeux incapables de quitter ses lèvres roses et pulpeuses.

— Laga, répondit-elle.

Sa respiration commença à s'accélérer à l'éclair de sa langue lorsqu'elle prononça son nom. Quelque chose n'allait pas, mais de la meilleure façon possible. Il avait oublié tout ce qu'il était censé faire ou dire. Laga l'avait envoûté. Gunnar ne put s'empêcher de remarquer qu'elle ne s'était pas écartée, et que ses yeux brillaient maintenant d'une étincelle de désir.

— Laga, murmura-t-il, sentant le mot picoter sur ses lèvres.

Une envie soudaine s'empara de lui. Un désir qu'il ne pouvait pas et ne voulait pas ignorer. Sans savoir pourquoi, sa prise sur son poignet se resserra, et il l'attira vers lui. Laga laissa échapper un petit halètement presque inaudible mais ne fit aucune tentative pour s'éloigner ou l'arrêter. Gunnar ne savait pas si ce qu'il était sur le point de faire était une bonne idée ni pourquoi il avait choisi de le faire. Laga l'avait ensorcelé, et il en voulait plus.

Entrelaçant ses doigts dans ses cheveux épais, il l'attira vers lui et abaissa ses lèvres pour rencontrer les siennes. Ses lèvres étaient plus douces que tout ce qu'il avait ressenti auparavant ; elle avait le goût des baies d'été. Plus il l'embrassait, plus son corps s'enflammait. Il sentait qu'il était sur le point d'oublier son devoir et de lui arracher ses vêtements quand elle répondit en ouvrant sa bouche et en lui permettant d'explorer sa bouche avec sa langue. Les mains de Laga se levèrent, parcourant les larges biceps de Gunnar, descendant le long de son torse, le faisant tressaillir lorsque ses doigts effleurèrent ses hanches, lui envoyant un chatouillement dans tout le corps.

Enfin, ils se séparèrent, haletant pour reprendre leur souffle mais incapables de détacher leurs regards l'un de l'autre. La gardant près de lui, Gunnar caressa l'arrière de son cou du bout des doigts.

— S'il te plaît, Laga. Ne dis à personne que je suis ici, supplia Gunnar.

— Pourquoi pas ? Que caches-tu ?

— Je ne cache rien. J'ai simplement eu un différend avec un gars à propos d'une épée. Apparemment, j'avais choisi son épée chez le forgeron.

— Suis-je censée croire ça ? demanda Laga, la voix haletante.

— C'était un simple malentendu. Je peux me débrouiller seul, mais ce type était bien plus grand que moi et avait un sacré caractère en plus. Le forgeron m'a prévenu de ne pas me mettre à dos ce gars, et ma fierté a pris le dessus. Je campe ici pour lui laisser le temps de se calmer avant de lui reparler.

Le visage de Laga redevint sérieux. Elle ne le croyait pas ; il devait être plus convaincant. Laga avait aussi ses propres questions.

— Alors, tu es un lâche ? le taquina-t-elle.

— Je ne suis rien de tel ! s'emporta Gunnar.

— L'homme avec qui j'ai eu ce malentendu n'aime pas jouer franc jeu. Je veux simplement qu'il se calme pour qu'on puisse parler d'homme à homme, seuls, loin de ses amis devant qui il aime se pavaner.

Laga le regardait avec méfiance, mais Gunnar sentait qu'elle commençait à le croire.

— Je ne peux pas exactement affronter un combat potentiel avec ma cheville dans cet état, n'est-ce pas ? demanda Gunnar, se laissant délibérément trébucher dans ses bras.

CHAPITRE 6

LAGA AVAIT TOUJOURS DES SOUPÇONS. Son histoire contenait une part de vérité, mais elle n'arrivait pas à chasser les runes de son esprit. Avoir grandi avec Lars avait donné à Laga une certaine compréhension des Vikings et de leur orgueil insensé, ce qui la rendait compatissante envers la situation de Gunnar.

Elle savait qu'elle ne devrait pas lui faire confiance, mais elle ne pouvait s'en empêcher ; elle avait apprécié ce baiser. Il l'avait surprise, captivée, alors que personne ne lui avait jamais vraiment prêté attention. La voix dans son esprit lui disait d'avancer prudemment ; le baiser pouvait être une ruse pour la distraire. Mais son corps réclamait d'être écouté. Son corps avait réagi à lui si naturellement. Elle ne pouvait pas non plus ignorer la façon dont elle avait senti son corps réagir à elle. Quelqu'un lui avait dit un jour, elle ne se souvenait plus qui, que la virilité grandissante d'un homme ne ment jamais. Laga avait senti sa virilité pressée contre elle, embrumant son esprit de désir.

— Je garderai ta présence secrète pour l'instant.

— Merci, Laga, dit Gunnar en lui caressant la joue et en lui souriant. Ta gentillesse ne passera pas inaperçue.

Sa main était rugueuse contre sa peau, mais elle aimait son toucher. Ses mains étaient dures, mais ses caresses étaient douces. Elle se demanda s'il pourrait tenter un autre baiser alors qu'elle se rapprochait lentement, observant comment il réagirait.

— Laga, je t'ai cherchée partout, appela Donald, les rejoignant dans la clairière.

Surpris, Gunnar et Laga s'écartèrent rapidement l'un de l'autre, stupéfaits par l'intrusion soudaine de Donald. Donald resta là à les regarder comme s'il attendait une explication.

— Qui est ton ami ? demanda Donald.

Laga laissa échapper un souffle qu'elle n'avait pas réalisé retenir et sourit doucement à Donald. Elle était reconnaissante que Donald semblait ne pas connaître Gunnar. C'était une chance que les Écossais ne se mêlaient pas beaucoup aux Vikings de la colonie.

— Je suis désolée, je ne vous ai pas présentés avant ? mentit Laga. Voici Gunnar, mon cousin du Danemark. Il est arrivé avec le Roi.

— Tu as enfin trouvé un moyen de convaincre Lars de te laisser les explorer ? rit Donald.

Laga répondit par un rire et acquiesça, aidant Gunnar à se relever.

Gunnar la regarda, confus. Elle savait qu'elle pourrait s'expliquer plus tard. Elle détestait mentir à Donald, mais les langues bien pendues étaient connues pour couler des navires, et elle ne voulait pas que Donald parle d'un mystérieux étranger qu'il avait trouvé avec Laga lorsqu'il rentrerait chez lui.

— J'ai le troupeau avec moi...

— Alors nous allons te suivre. Nous ne voulons pas que les jumeaux s'échappent à nouveau, n'est-ce pas ? sourit Laga.

Donald hocha la tête et repartit dans la direction du troupeau. Le regard du garçon détourné, Gunnar se pencha plus près. Laga pouvait sentir son souffle chatouiller son cou et son oreille. Elle ferma les yeux à cette sensation qui lui envoya un frisson le long de la colonne vertébrale.

— Cousins ? chuchota Gunnar à l'oreille de Laga.

Elle devait admettre que c'était un mensonge stupide. La façon dont il la regardait n'avait rien de cousinal. Il lui prit la main et caressa doucement ses jointures de son pouce. La sensation était séduisante et embrasait sa peau. Elle se demandait ce qu'elle ressentirait s'il la touchait ainsi ailleurs sur son corps.

CHAPITRE 7

— Est-ce qu'un cousin te toucherait comme ça ? murmura Gunnar, effleurant son cou de ses lèvres tout en entourant sa taille de ses bras.

Laga laissa sa tête basculer en arrière pour reposer sur son épaule. Elle était reconnaissante que le troupeau occupe Donald et les laisse seuls.

— Est-ce qu'un cousin te toucherait comme ça ? demanda à nouveau Gunnar tandis que ses mains parcouraient son corps, s'emparant de ses seins.

Laga laissa échapper un petit gémissement ; elle désirait son toucher pour des raisons qui lui échappaient. Cependant, elle décida de ne pas se poser de questions. Les meilleures choses de la vie n'avaient pas d'explication ; c'est ce qu'elle avait toujours cru.

Gunnar ne pouvait s'empêcher de flirter avec Laga. Elle était intelligente, sexy et agréable à fréquenter. Il aimait comment, même si elle avait fini par croire à ses mensonges, il avait fallu beaucoup pour la convaincre, et elle ne se laissait pas facilement impressionner par son physique avantageux, même si elle y succombait maintenant.

— Gunnar, arrête. Donald pourrait revenir à tout moment, insista Laga.

— Il est occupé avec ton troupeau. Tu l'as entendu le dire toi-même. Profitons de notre moment seuls, gémit Gunnar en prenant son lobe d'oreille entre ses dents.

— Et si quelqu'un du village venait ? demanda Laga.

Sa question éveilla l'espion en lui. C'était peut-être l'occasion qu'il cherchait pour obtenir les informations qu'il n'avait pas encore trouvées. Mais, à l'insu de Laga, elle avait baissé sa garde, et une fois qu'une femme baissait sa garde autour de Gunnar, elle devenait malléable entre ses mains.

— Au diable le village ; que les Écossais viennent. On leur montrera comment les Danois font l'amour.

— Et si quelqu'un de la colonie nous trouve ? Ils pourraient te découvrir, souffla Laga.

Elle essayait de combattre ses impulsions. Mais, tandis que sa bouche argumentait, son corps la trahissait, s'abandonnant au toucher de Gunnar et gémissant de plaisir lorsque ses doigts effleuraient sa peau.

— Personne d'important à part toi ne passerait par ici sans raison, murmura Gunnar.

— Mon frère pourrait.

— Qui est ton frère ? demanda Gunnar, la faisant pivoter pour lui faire face et enfouissant son visage dans son cou.

— Le second.

— Le second est un homme nommé Sven, gémit Gunnar.

— Non, Sven est parti quand ils ont découvert que le Dangeld avait été volé par le Jarl Halfden. Mon frère Lars a été envoyé par le Roi pour être le second de Lief. C'est comme ça que je suis arrivée ici.

Gunnar réalisa rapidement que plus Laga se détendait, plus sa langue se déliait. Elle lui donnait tout ce dont il avait besoin. Elle l'informait des plans pour agrandir la colonie, des accords de paix avec les Écossais locaux et du fait que le Roi lui-même était encore présent, prévoyant de partir pour le Danemark dans deux jours. Qu'il s'autorise donc un peu de romance. Après tout, il était un mâle au sang chaud. Qui pourrait le lui reprocher ? Et Laga ne se plaignait pas. Elle savourait chacune de ses caresses.

Plus il goûtait sa peau, caressait son corps et explorait ses courbes, plus il oubliait sa mission. Il en avait une nouvelle : la faire crier son nom. Gunnar plaqua Laga contre la paroi surplombante de la falaise.

Déchirant ses vêtements, il libéra un de ses généreux seins, le prenant dans sa bouche tandis que son autre main remontait ses jupes.

Laga se mordit la lèvre pour s'empêcher de crier de plaisir. Aucun d'eux ne voulait attirer l'attention de peur que leur rendez-vous ne soit écourté. Gunnar se sentit durcir et tendre dans son pantalon lorsque ses doigts trouvèrent son entrée. Elle était mouillée, prête et désireuse de le recevoir.

Gunnar glissa l'un de ses doigts épais en elle, s'épanouissant au son de ses gémissements. Il la sentit se serrer autour de lui ; elle était étroite, peut-être vierge. Il désirait ardemment sentir le reste d'elle et à quel point elle pouvait l'enserrer étroitement.

Perdu dans sa quête de plaisir, une soudaine torsion dans son ventre le poignarda. La bile lui monta à la gorge. La culpabilité envahit son esprit. Laga ne méritait pas d'être utilisée de cette façon. Elle aurait pu facilement le dénoncer, l'exposer, et probablement le faire tuer. Pourtant, elle avait choisi non seulement de garder sa présence secrète, mais aussi de mentir à un ami de confiance pour le protéger. L'espionner était une chose ; se laisser aller pour obtenir des informations en était une autre.

Pourquoi est-ce que je m'en soucie ? se demanda Gunnar.

Oserait-il dire qu'il commençait à s'attacher à cette femme ? Peut-être même à l'aimer ? Non, sûrement pas. C'était trop tôt. Pourtant, tout le monde savait avec quelle rapidité les Vikings tombaient amoureux. Ce n'était rien comparé à la vitesse et à la force avec lesquelles les Nordiques succombaient.

CHAPITRE 8

— JE ME DOUTAIS que quelque chose n'allait pas quand j'ai vu que ton lit n'avait pas été défait, mais quand Donald m'a dit que tu étais avec un cousin arrivé avec le Roi, j'ai *su* qu'il y avait un problème ! rugit Lars en surgissant à travers la lisière des arbres.

Leur rencontre prit fin brusquement. Laga repoussa Gunnar avec force, le faisant trébucher et grimacer de douleur à cause de sa cheville. Puis, rajustant rapidement ses vêtements, elle lança un regard furieux à son frère.

— Que fais-tu ici, Lars ?

— Je te cherche ! Combien de fois t'ai-je dit de ne pas t'aventurer loin de la colonie ?

— Et moi, je t'ai dit que je ne suis pas une enfant ! rugit Laga en retour.

Lars ouvrit la bouche pour argumenter quand son regard dériva vers Gunnar. Quelques instants plus tôt, cet homme débraillait sa sœur. Pour Lars, cet homme représentait une menace pour sa famille.

— Alors, qui est cet homme que tu prétends être notre cousin ? gronda Lars, examinant Gunnar de haut en bas.

— Je suis Gunnar, de la colonie. Je suis arrivé il y a plusieurs mois, mentit Gunnar.

— Quel est ton rang ? exigea Lars.

— Je suis un guerrier, répondit Gunnar, se tenant fièrement.

Lars s'approcha, son regard brûlant fixé sur Gunnar. Laga avait peut-être été dupée par cet homme, mais Lars serait plus difficile, voire impossible, à convaincre.

— À mon arrivée, on m'a présenté chaque guerrier qui habitait cette terre, et j'ai rencontré tous ceux qui ont débarqué depuis, grogna Lars.

— Lars, que veux-tu dire ? demanda Laga.

— Je dis que cet homme est un étranger, un menteur, et qu'il n'est pas celui qu'il prétend être, cracha Lars.

Laga restait abasourdie, observant l'échange entre les deux hommes. Les yeux de Gunnar brûlaient de colère, ses jointures blanches sur ses poings serrés, mais il n'avait pas encore fait un geste. Lars semblait prêt à déverser un monde de terreur sur Gunnar s'il ne parlait pas rapidement. Le cœur de Laga battait la chamade ; elle savait que quelque chose n'allait pas, mais elle avait laissé son désir et sa langueur obscurcir son jugement. Elle se sentait idiote.

— Je suis Gunnar. J'habite dans la colonie. Je me cache depuis une dispute avec un frère, mentit encore Gunnar.

C'est alors que le visage de Lars s'empourpra comme s'il se souvenait de quelque chose.

— Je te reconnais ; tu es l'étranger qui rôdait autour du camp. Je t'ai vu au château. Tu as dit que tu allais voir le forgeron, pourtant le forgeron a sa propre demeure en dehors de l'enceinte du château. Tout le monde dans la colonie le sait, surtout les guerriers qui utilisent ses lames ! La voix de Lars s'élevait à chaque mot, sa colère brûlant comme le soleil.

Lars poussa Gunnar violemment. Gunnar recula en boitant, luttant pour tenir debout sur sa cheville encore douloureuse.

— Dis-moi qui tu es ! rugit Lars.

— Lars, arrête ! supplia Laga.

— Laga, tout va bien, interrompit Gunnar.

C'est alors que cela se produisit. Le secret de Gunnar fut exposé. Quand Gunnar tourna la tête pour réconforter Laga, son col glissa, révélant les lignes courbes et dures d'une rune. Une rune que Lars avait déjà vue, une rune qui ressemblait à celle que Laga avait vue dans la grotte. Lars bondit en avant, saisissant Gunnar à la gorge.

— Ordure de Normand ! rugit Lars.

Par instinct, Gunnar frappa Lars violemment au visage. Lars le lâcha tandis que son nez commençait à saigner.

— Ton sang n'est pas digne de goûter ma lame. Je vais te battre à mains nues ! beugla Lars.

Chargeant Gunnar, Lars déchaîna plusieurs attaques rapides, frappant Gunnar à la mâchoire et fendant sa peau à plusieurs endroits. La barbe de Gunnar devint rouge alors que son sang s'imprégnait dans ses poils.

— Lars, arrête ! Que dis-tu ? s'écria Laga, repoussant son frère loin de Gunnar et s'interposant entre les deux hommes.

— Es-tu aveugle, ma sœur ? La rune sur son cou, c'est la même que dans la grotte. Cela signifie qu'il est Normand, rugit Lars.

Laga se retourna brusquement vers Gunnar. Tout désir, confiance et compassion disparurent de son visage, remplacés par la trahison et une rage aveugle. C'était une fureur qui rivalisait avec celle de son frère. Gunnar la regarda, surpris alors que ses yeux perçants le transperçaient, brûlant profondément en lui. La culpabilité remonta une fois de plus dans son ventre.

— Est-ce vrai ? exigea Laga.

— Laga, laisse-moi t'expli...

— Est-ce *vrai* ! hurla Laga.

Gunnar laissa tomber sa tête en signe de défaite. Il ne pouvait pas supporter de voir la douleur et la colère dans ses yeux. Ses épaules s'affaissèrent, et il hocha la tête pour répondre.

La colline était escarpée, exposée aux vents violents venant du rivage en contrebas des falaises. Même à travers le fourré d'arbres, le sol avait été exposé aux éléments. La terre était détrempée, s'enfonçant facilement sous leur poids dans la boue. Lars avait eu raison. Ce n'était pas parce qu'on ne voyait pas une menace qu'elle n'existait pas.

— Tu m'as menti ! Je t'ai laissé me toucher ! rugit Laga.

— Laga, je suis...

— Je ne veux plus entendre un seul mot venimeux sortir de tes lèvres ! tonna Laga, poussant Gunnar de toutes ses forces.

La pente était déjà assez difficile à parcourir quand elle était détrempée par l'orage. Gunnar ne pouvait pas garder l'équilibre sur sa cheville blessée. La force de la poussée de Laga, combinée au fait qu'il n'était pas préparé, le fit tomber en arrière et dévaler rapidement la colline. Culbutant tête par-dessus talons, Gunnar descendait vers les falaises.

Laga regardait avec horreur, emplie de douleur et d'étonnement, tandis que Gunnar tombait de façon incontrôlable vers le danger. Gunnar se débattait, essayant de se stabiliser, s'agrippant à tout ce qu'il pouvait pour arrêter sa chute, mais rien n'y faisait. La terre lui glissait entre les doigts, les racines des arbres cédaient sous lui, et avant qu'il ne s'en rende compte, il bascula par-dessus le bord de la falaise.

Laga hoqueta quand Gunnar disparut de sa vue. Avec sa disparition, la réalité la frappa de plein fouet. Les larmes jaillirent de ses yeux comme un raz-de-marée. Son cœur se serra. Elle n'avait jamais ressenti une telle douleur auparavant. Était-ce un chagrin d'amour ? Une trahison ? Ou quelque chose de plus profond ?

CHAPITRE 9

GUNNAR PLONGEA dans les eaux glacées en contrebas. Même en été, les eaux d'Angleterre étaient aussi froides qu'en hiver. En regagnant la rive à la nage, Gunnar repassa les événements dans sa tête. Il supposait qu'il méritait l'explosion de colère de Laga. Il lui avait menti, l'avait utilisée, et oui, c'était vrai, il l'avait trahie. Mais il ne pouvait pas la blâmer. Il connaissait des femmes qui avaient tué pour moins que ça.

Se hissant sur la rive, il leva les yeux vers la falaise d'où il était tombé. Il s'attendait à moitié à voir Lars et Laga vérifier s'il était mort dans sa chute. Mais personne ne se tenait au sommet de la falaise.

Décidant qu'il ne pouvait rien faire de plus, il remonta le rivage en direction de chez lui. Que pouvait-il faire ? Elle avait été claire sur ses sentiments. Elle était Danoise, et il était Norvégien. Des ennemis jurés. Ce n'était pas comme s'ils pouvaient construire une vie ensemble. Aucun de leurs peuples ne le permettrait. De plus, il avait obtenu ce pour quoi il était venu, même si c'était par des moyens détournés. Sa mission était accomplie. Il devait maintenant faire son rapport à son Chef.

La distance entre la colonie norvégienne et les Vikings représentait au moins deux jours à cheval. Cela allait prendre encore plus long-temps à pied. Heureusement, Gunnar connaissait plusieurs grottes où il pourrait se reposer en chemin. Mais malheureusement, sa cheville lui faisait mal à chaque pas, le ralentissant considérablement. Le rivage accidenté n'arrangeait rien. Mais Gunnar n'avait pas le temps de se plaindre ou de se reposer. Il avait été démasqué ; ce n'était qu'une question de temps avant que les Vikings ne déclenchent une guerre.

La guerre avec les Vikings était le cadet des soucis de Gunnar. Quand sa cheville devint trop douloureuse à supporter, il se dirigea vers les collines, cherchant un endroit pour se reposer, et tomba directement sur un bataillon de troupes britanniques. Ils étaient armés pour la bataille et assoiffés de sang.

Gunnar était désarmé et largement dépassé en nombre. Il aurait été fou d'essayer de se battre pour se libérer. Il fixa un soldat assis sur un grand cheval blanc. Gunnar resta immobile, silencieux, attendant.

— Attrapez-le. C'est un Viking ! ordonna le soldat.

Gunnar fut rapidement encerclé et forcé à s'agenouiller, les mains liées, et un chiffon au goût infect fut attaché autour de sa bouche. Un soldat tira sur son col, exposant la rune sur son cou.

— Celui-ci est un Norvégien, cria un autre soldat.

— Peu importe. Ils sont tous pareils. Emmenez-le ! ordonna celui qui commandait.

Tandis que les soldats traînaient Gunnar de force vers le camp britannique, son esprit s'affola. C'était la faute de Laga. Il ne serait pas tombé directement sur le chemin des troupes britanniques si elle ne l'avait pas forcé à sauter de la falaise. Mais alors la colère se transforma en inquiétude. Ils se dirigeaient vers la Pointe, directement vers la colonie. Était-ce le seul bataillon ? Quel était leur plan ? Alors que Gunnar était poussé dans une tente, ses pensées se tournèrent vers Laga. Il devait s'échapper. Il devait la prévenir. La protéger.

CHAPITRE 10

STUPIDES BRITANNIQUES, s'amusa Gunnar.

Les troupes l'avaient laissé tranquille, le sous-estimant simplement parce qu'il était seul. De plus, le soldat qui l'avait attaché n'avait pas fait du bon travail, donnant à Gunnar l'opportunité parfaite de se libérer et de s'échapper.

S'éclipsant discrètement, il se fraya un chemin à travers le dédale de tentes en direction de chez lui. Lorsqu'il atteignit une tente richement décorée, il s'arrêta. Il n'avait jamais compris l'utilité d'une telle décoration. C'était comme un phare indiquant aux ennemis où frapper. Des gardes se tenaient à l'extérieur, protégeant contre toute attaque ennemie. Gunnar n'était pas inquiet, tout ce qu'il avait à faire était de trouver une épée ou une hache, et il pourrait facilement se débarrasser des deux et disparaître avant que quiconque ne s'en aperçoive.

Gunnar s'accroupit derrière un tonneau de provisions, attendant que la voie soit libre pour s'enfuir quand une conversation attira son attention.

— Quand nous aurons terminé, la Pointe sera un phare d'avertissement pour toute la racaille qui essaie de revendiquer notre terre. Ils pourront voir les flammes depuis la colonie nordique. Le temps qu'ils comprennent ce qui se passe, il n'en restera pas assez pour nous tenir tête.

Plusieurs voix ricanèrent en signe d'approbation.

— Quelles sont nos cibles ? demanda une voix.

— Il y a deux colonies vikings dans la région, une à la Pointe et une juste au-delà sur la côte est. Si tu descends la côte vers le sud, il y a une colonie nordique...

Gunnar cessa d'écouter. Ils parlaient de son foyer et de celui de Laga. Il avait besoin d'en savoir plus, mais il ne pouvait pas risquer d'attendre dehors et d'être vu avec tous ces hommes lourdement armés qui circulaient. Une toux et des pas traînant dans la terre attirèrent l'attention de Gunnar. L'un des gardes à l'entrée de la tente du Général s'était éloigné. À la façon dont l'homme secouait sa jambe et tirait sur son entrejambe, Gunnar comprit clairement qu'il allait se soulager. Gunnar resta dans l'ombre, suivant l'homme jusqu'à la lisière des arbres au bord du camp. Gunnar attendit que l'homme ait son pantalon aux chevilles, en position vulnérable avec son sexe à la main, avant de frapper.

S'approchant par derrière, Gunnar s'empara de l'épée de l'homme et enroula son bras autour de sa gorge. Gunnar posa le membre viril du soldat sur le tranchant de la lame.

— Un mot, et je fais de toi une femme, grogna Gunnar. Puis, regardant vers le bas, Gunnar rit doucement. — Vu ta taille, pas étonnant que vous, les Britanniques, soyez si en colère.

— Ordure étrangère, j'aurai ta tête, grogna le garde.

— Castré avec ta propre épée, j'espère que tu as déjà des enfants, répliqua Gunnar, enfonçant davantage la lame dans l'entrejambe de l'homme.

— Dis-moi ce que tu sais. Quels sont les plans du Général pour les colonies ? exigea Gunnar, gardant une oreille sur le camp derrière lui.

— Je ne te dirai rien du tout ! cracha le garde.

Gunnar le fit pivoter, projetant le soldat contre un arbre. L'homme gémit et haleta tandis que la force du choc expulsait l'air de ses poumons. Gunnar bondit, plaquant l'homme contre l'arbre. Gunnar appuya son bras plus profondément contre le cou de l'homme, l'épée toujours pointée sur sa cible.

— Je n'aime pas me répéter. Réponds à mes questions, ou je n'aurai plus besoin de toi, et te tuer sera mon divertissement, grogna Gunnar.

Le soldat déglutit bruyamment, hochant la tête pour montrer qu'il avait compris. Gunnar relâcha un peu la pression sur le cou de l'homme, lui donnant de l'espace pour parler.

— Le Général agit sur des ordres qui dépassent mon rang. Je peux seulement te dire ce que je sais. Nous prévoyons de débarrasser nos terres de tous les envahisseurs étrangers. Les Vikings, les Nordiques, tous.

— Tu retiens des informations, et je perds patience, grogna Gunnar, rapprochant la lame et traçant une petite ligne de sang.

Le soldat grimaça avant de ricaner et de fixer Gunnar droit dans les yeux.

— Tue-moi si tu dois. J'ai juré ma vie à la cause. Si je meurs en conséquence, ce sera une mort honorable, que ce soit en défendant nos plans ou par l'épée au combat.

— Se vider de son sang à l'endroit où se trouvait autrefois ta minuscule queue, par ta propre épée, est honorable pour toi ? Vous, les Britanniques, êtes un peuple étrange, provoqua Gunnar.

— Peu importe ; tout est permis en guerre, cracha le soldat.

— La guerre ? demanda Gunnar.

— La guerre est imminente. Tu ne peux pas l'arrêter. La colonie de la Pointe sera la première frappée. Après cela, les feux feront rage et serviront d'avertissement aux autres comme toi de ce qui va arriver ! Ordure nordique, ricana le garde.

— Quand ? lança Gunnar sèchement.

— Plus tôt que tu ne le penses, rit le garde.

Gunnar fit tourner la lame et assomma le soldat avec le pommeau. S'assurant que l'homme était bien inconscient, Gunnar se dirigea directement chez lui aussi vite qu'il le pouvait. Il était presque complètement hors de vue du camp britannique quand il fut assailli par une crise de conscience.

Je ne peux pas abandonner Laga et les Vikings en sachant ce que je sais. Ce n'est pas honorable. Mais ce sont des Vikings, nos ennemis jurés. Je ne peux pas trahir mon peuple pour un joli mincis. Gunnar débattait avec lui-même.

Gunnar hésita longuement, faisant les cent pas entre les arbres, luttant contre lui-même avant de faire un choix. Aucun homme d'honneur ne trahirait un ennemi quand un ennemi plus grand se profilait à l'horizon. Même si les Nordiques détestaient les Vikings et vice versa, ils avaient besoin de toutes les forces disponibles pour se préparer à la guerre.

Gunnar retourna au camp aussi vite qu'il le pouvait, ignorant la douleur à chaque pas. Les chevaux étaient attachés à la lisière du camp, laissés à paître sans surveillance. Gunnar s'empara du premier cheval qu'il put et se dirigea vers Laga.

CHAPITRE 11

LAGA ET DONALD étaient assis en silence, observant le troupeau à la périphérie de la colonie. L'herbe était plus verte à l'extérieur des murs de la colonie. C'était une nuit paisible. La tempête de la veille avait purifié l'air. Pas un nuage à l'horizon. Les étoiles scintillaient dans un ciel de velours noir tandis que la lune illuminait le sommet de la colline. C'est alors que Laga le vit. Un homme à cheval descendait la colline avec urgence. À mesure que la silhouette s'approchait, son cœur se mit à battre dans sa poitrine. C'était Gunnar.

— Par tous les dieux, anciens et nouveaux, que fais-tu ici ? exigea Laga, bien que sa voix fût moins menaçante qu'elle ne l'avait prévu.

— Laisse le troupeau et retourne à la colonie immédiatement. Où est ton frère ? Les autres chefs ? Je dois leur parler tout de suite ! débita Gunnar en descendant de cheval.

— Tu es un Norrois connu maintenant. Ils te tueront à vue avant même que tu puisses prononcer un mot. D'ailleurs, pourquoi devrais-je t'aider après la façon dont tu m'as traitée ? lança Laga, tous les souvenirs de sa trahison lui revenant d'un coup.

— Laga, nous n'avons pas le temps. Sur mon chemin vers ma colonie...

— Ta colonie ? Il y a une colonie de Norrois ? Où ? Est-elle proche ? demanda Laga frénétiquement.

— Laga ! Il n'y a pas de temps. J'ai été capturé par les Britanniques.

Une armée arrive. Ils prévoient d'attaquer et de brûler la colonie jusqu'aux fondations. Ils attaqueront ici d'abord, puis l'autre colonie viking avant de venir pour mon peuple. Nous devons avertir tout le monde.

Gunnar paniqua.

— Une armée ? Cela ne peut signifier que...

— Oui, la guerre. Nos peuples sont peut-être ennemis, mais maintenant nous avons un ennemi commun. Nous devons nous unir et combattre. Séparés, nos peuples n'ont aucune chance. Ensemble, nous pourrions encore goûter à la victoire.

Une botte fit craquer une brindille sur le sol, surpris Gunnar et Laga se retournèrent pour voir Lars émerger de l'obscurité. Son visage n'était plus en colère ou dégoûté mais rempli d'inquiétude.

— Pourquoi ? Pourquoi revenir et nous offrir ton aide ? demanda Lars, se tenant fermement aux côtés de Laga.

Gunnar regarda Laga et sut que seule la vérité le libérerait.

— Croyez-moi quand je dis que je n'ai pas pris cette décision à la légère. Je voyageais vers chez moi pour avertir mon peuple quand... mes pensées se sont tournées vers Laga. Je l'aime. L'idée que ces rats britanniques lui fassent du mal, à elle ou à quelqu'un qu'elle aime, me rendait malade. Mais je suis un homme d'honneur. Je peux donc mettre mes griefs avec les Vikings de côté pour une cause plus grande... et pour l'amour d'une femme exceptionnelle, répondit Gunnar, inclinant la tête devant Lars.

Lars resta silencieux, observant Gunnar avec méfiance.

— Tu me prends pour un imbécile ? Tu as déjà utilisé ma sœur. Tu oses recommencer ? grogna Lars, la colère commençant à brûler dans ses yeux.

Laga se plaça devant son frère, posant une main douce sur sa poitrine, le calmant.

— Je le crois, Lars. Il aurait pu fuir et aller d'abord vers son propre peuple. Mais au lieu de cela, il vient dans un camp ennemi, où il est largement en infériorité numérique face à ceux qui pourraient le tuer simplement pour ce qu'il est. À la place, il propose une trêve par amour pour moi. Père aurait fait la même chose pour Mère.

Les yeux de Lars se fixèrent sur sa sœur. Il était figé, ne sachant que dire.

— Retourne à la colonie, préviens les autres. Préparez-vous à la guerre. Donald et moi ramènerons le troupeau avec les chiens.

— J'irai avec vous. Pour prouver que je ne suis pas un menteur, dit Gunnar.

À contrecœur, Lars acquiesça.

CHAPITRE 12

LIEF, Lars et les autres se tenaient dans la grande salle, attendant des nouvelles. Gunnar faisait les cent pas avec anxiété pendant que Laga l'observait attentivement, le cœur serré devant l'inquiétude qui se lisait sur son visage. La pièce était si silencieuse que personne n'osait parler. Beaucoup avait déjà été discuté, et si les éclaireurs ne confirmaient pas l'histoire de Gunnar, il serait mis à mort. Finalement, l'aube pointa à l'horizon, baignant la grande salle de teintes orangées et jaunes. Les discussions avaient duré toute la soirée, au point que tout le monde était fatigué de sa propre voix. Maintenant, ce n'était plus qu'une question d'attente.

Les secondes semblaient des minutes, les minutes des heures, quand soudain les portes s'ouvrirent avec fracas. Quatre cavaliers entrèrent en haletant, le visage peint d'expressions paniquées.

— Parlez ! rugit Lief.

— Le Nordique dit la vérité. Il y a un camp britannique non loin d'ici. À moins d'une journée de cheval, répondit l'un des cavaliers.

— Combien sont-ils ? demanda Lars.

— Des milliers, et nous craignons que d'autres n'arrivent.

La salle explosa en un rugissement de voix, de pieds qui tapaient le sol et d'armes dégainées.

— Silence ! rugit Lief. La guerre approche. Préparez les défenses de la colonie. Évacuez les femmes et les enfants. Prévenez le village voisin, maintenant !

— Je dois rentrer chez moi et avertir mes frères. Je ferai de mon mieux pour convaincre mon peuple de se joindre au combat. Les Britanniques sont aussi nos ennemis.

— Je t'accompagnerai. Il faudra l'un de nos chefs pour montrer que nous sommes sincères, acquiesça Lars, tendant sa main à Gunnar.

— Mon frère, acquiesça Gunnar.

Le cœur de Laga semblait lui être arraché de la poitrine. Elle n'était pas une combattante, pas au sens traditionnel. Elle serait évacuée avec les autres femmes, et Gunnar partait. Incapable de le voir disparaître à nouveau en moins de deux jours, elle se retourna pour partir. Adieu avait toujours été un mot qu'elle ne pouvait prononcer.

— Où vas-tu ? demanda Gunnar, saisissant le bras de Laga.

— Tu as entendu Lief. J'ai mes ordres.

— Viens avec moi, demanda Gunnar.

Laga se retourna pour lui faire face. Ses yeux étaient remplis de larmes d'espoir tandis qu'elle plongeait son regard dans les yeux bleu glace de Gunnar.

— Je ne peux pas entrer dans cette guerre sans savoir où tu es. Sans savoir que tu es en sécurité. Je veux que tu rentres avec moi... comme ma femme.

ÉPILOGUE

Le monde entier était en train de changer. Les Vikings et les Nordiques pourraient bientôt s'unir, des ennemis jurés devenant alliés. Une guerre qu'ils avaient essayé d'empêcher avait trouvé le chemin jusqu'à leur porte. Les Britanniques avaient peut-être l'avantage du nombre, mais Lars était certain qu'ils n'avaient pas les combattants, pas comme les Danois et les Nordiques.

Il fallait un jour et demi de cheval depuis la Pointe jusqu'à la colonie de Gunnar. Un autre orage menaçait la côte. Le groupe avait espéré trouver un abri avant que la tempête ne frappe, mais le chemin de l'amour et de la guerre n'était jamais facile à emprunter.

La pluie tombait si fort qu'elle faisait mal à la peau. Le vent hurlait et frappait comme un coup de poing dans la mâchoire. Les chevaux luttaient dans la terre molle lorsqu'une grotte apparut dans leur champ de vision. Ils ne pouvaient pas continuer tant que l'orage n'était pas passé. Ils prièrent tous pour qu'il s'éloigne aussi vite que le précédent. Les chevaux attachés, les ventres rassasiés et un petit feu pour réchauffer le groupe, Lars serra ses fourrures contre lui et s'installa pour un repos bien mérité. Gunnar montait la garde, à l'affût de toute troupe britannique qui pourrait passer par là.

— Tu veux de la compagnie ? demanda Laga d'un air taquin.

— De ma belle future épouse ? Toujours. Gunnar sourit et ouvrit grand les bras, attirant Laga près de lui.

Le jeune amour était si doux et nouveau. Comme des jeunes goûtant au doux nectar de l'amour pour la première fois, la conversation passa rapidement de la guerre à l'admiration. Des mots flatteurs, des rires chaleureux et des regards brûlants s'échangèrent entre les deux alors que la chaleur s'intensifiait dans la grotte.

Lars bondit sur ses pieds, faisant sursauter les deux tourtereaux.

— Vous êtes répugnants tous les deux.

— Nous sommes amoureux, répondit Laga.

— Je préférerais faire les cent pas sous la pluie plutôt que d'être forcé de vous écouter plus longtemps. Toutes ces mièvreries, ces mots doux. J'en ai assez entendu. Je surveillerai de l'extérieur. Je vous verrai tous les deux à l'aube.

Lars grommela tout seul en quittant la grotte. Son ombre allait et venait tandis qu'il patrouillait dehors. Enfin seule, Laga réalisa que la chaleur ne venait pas simplement du feu qui crépitait dans son dos ; c'était la chaleur entre elle et Gunnar.

Chaque occasion d'être seuls avait été interrompue, écourtée avant qu'elle ne puisse le sentir comme elle le désirait. C'était maintenant la chance de Laga.

— Nous sommes enfin seuls, sans interruption pour une fois, dirait-on, taquina Laga.

— Que vais-je bien pouvoir faire de toi ? gronda Gunnar, enfouissant son visage dans le cou de Laga, mordillant sa peau douce tandis que ses mains parcouraient son corps.

Laga se leva, prenant la main de Gunnar et l'entraînant plus profondément dans la grotte, loin de Lars.

— Tu sais, je suppose que c'est notre nuit de noces, murmura Laga en mordillant l'oreille de Gunnar d'un air joueur.

— Alors laisse-moi te montrer comment les Nordiques consomment nos mariages, gronda Gunnar. Sa voix était grave et séduisante.

Gunnar entrelaça ses doigts dans les cheveux de Laga, caressant l'arrière de sa nuque, la revendiquant alors qu'il l'attirait à lui. Ses lèvres se fondirent dans les siennes. Laga répondit, ouvrant la bouche pour le recevoir, leurs langues s'entremêlant dans une étreinte passionnée.

Les mains de Gunnar quittèrent ses cheveux pour découvrir chaque courbe de son corps. Gunnar saisit les fesses rondes de Laga, les pressant fermement jusqu'à ce qu'elle gémisse dans sa bouche. La soulevant, Gunner gémit de plaisir. Laga enroula ses jambes autour de sa taille et ses bras autour de son cou. Gunnar la porta jusqu'à un rocher, la plaçant dessus. Lentement, il souleva ses jupes, caressant sa peau douce de ses mains rugueuses, savourant chaque centimètre d'elle.

— As-tu d'autres vêtements dans ton sac de voyage ? chuchota Gunnar à son oreille.

Laga hocha la tête. Avant qu'elle ne puisse cligner des yeux, Gunnar sourit contre ses lèvres, saisissant sa chemise de coton, la déchirant par le milieu, exposant ses seins généreux. Son sexe se gonfla entre ses cuisses à cette vue. Puis, se libérant, Gunnar ne perdit pas de temps à s'enfoncer en elle.

Laga gémit à la sensation de lui qui l'étirait, la remplissant complètement. Gunnar n'était pas trop grand, mais il était large. À chaque coup lent, la poitrine de Laga se soulevait. Il lui allait parfaitement comme s'il n'avait été fait pour personne d'autre qu'elle. Ses mouvements étaient lents au début ; il faisait attention à ne pas lui faire mal. Mais quand ses gémissements devinrent plus forts, Gunnar trouva de plus en plus difficile de se contrôler. Il avait besoin de la sentir se défaire autour de lui, de s'imprégner de ses fluides et de sentir qu'elle le revendiquait comme sien.

Prenant ses mamelons dans sa bouche, Gunnar poussa de plus en plus vite. Laga se mordit la lèvre pour s'empêcher de crier. Le son de leur plaisir se gravait sur les murs de la grotte. Laga déchira la chemise de Gunnar, impatiente de le libérer, de sentir sa chair contre la sienne. Elle haleta en passant ses mains sur sa poitrine. Comparé aux Vikings, elle savait qu'il n'était pas le plus grand, mais sa définition était sans égale. Elle n'avait jamais vu de muscles pareils.

Ses ongles lacérèrent ses épaules alors que son orgasme la saisissait. Sa tête bascula en arrière tandis qu'elle gémissait son nom, le serrant et extrayant sa semence alors que son propre plaisir le traversait.

Gunnar s'affaissa sur son épaule, embrassant doucement son cou tandis qu'il reprenait son souffle.

— Maintenant, c'est à mon tour de te montrer comment nous, les Danoises, faisons cela, souffla Laga à son oreille.

Le poussant doucement, Laga descendit du rocher, ses jambes tremblant encore. Elle fit un signe de tête vers ses vêtements, lui disant silencieusement de se déshabiller. Elle voulait profiter pleinement de lui. Les yeux dans les yeux, ils se libérèrent de leurs vêtements restants.

Laga s'allongea sur le sol de la grotte, écartant largement les jambes, offrant à Gunnar une vue complète et ensorcelante d'elle. Leur plaisir était encore présent sur ses cuisses intérieures. Lui faisant signe de la rejoindre, Laga traça le contour d'un de ses seins, se taquinant pour lui. Gunnar s'agenouilla et rampa au-dessus d'elle.

S'agrippant à ses épaules, elle le fit pivoter et grimpa sur lui, à califourchon sur ses hanches. S'enfonçant sur lui, Laga cria d'extase. Gunnar tendit les bras, prenant ses seins dans ses mains. Il taquina ses mamelons entre ses doigts tandis que Laga commençait lentement à onduler des hanches. Cambrant le dos, Laga tendit les bras derrière elle, posant ses mains sur les cuisses musclées de Gunnar. Son rythme changea, et à chaque mouvement, elle l'attirait plus profondément. Gunnar avait l'impression de devenir fou de plaisir. Cette femme n'était comparable à aucune autre qu'il avait rencontrée auparavant. Gunnar glissa sa main entre ses jambes, son pouce cherchant le point sensible. Il avait besoin de rendre Laga folle de désir. Il taquina son bourgeon douloureux ; à chaque mouvement, Laga accéléra jusqu'à ce qu'ils soient tous deux prêts à se défaire. Ses muscles fourmillaient tandis que son plaisir grandissait jusqu'à ce que son corps soit submergé de plaisir, faisant blanchir sa vision alors que Gunnar gémissait son nom.

Haletants, en sueur, et incapables de détacher leurs regards l'un de l'autre, ils étaient allongés côte à côte. Mais Gunnar n'en avait pas encore fini.

—Encore une fois, chuchota-t-il tandis que sa main glissait de sa poitrine jusqu'à ses hanches.

—Encore ? haleta Laga, à la fois choquée et excitée.

—Je veux entendre mon nom rebondir sur ces murs.

Gunnar commença à parsemer son ventre de baisers, descendant le long de sa cuisse intérieure, et remontant par l'autre jambe. Puis, écartant ses jambes, ses doigts taquinèrent son ouverture. Il sourit, la regardant se tortiller et se cambrer sous son toucher, ses mains massant ses propres seins. Il adorait la regarder.

Laga sentit son souffle la réchauffer, taquinant le joli monticule de poils qui ornait son intimité. Elle était douloureusement impatiente de sentir son toucher. Ses taquineries la rendaient folle. Elle gémit lorsque sa langue lécha son bourgeon douloureux ; c'était meilleur que tout ce qu'elle avait jamais expérimenté. Sa langue dansait sur elle, et ses doigts la pénétraient et l'étiraient. Laga agrippa fermement ses cheveux blonds, luttant pour contrôler son plaisir alors que la chaleur montait dans le creux de son ventre. Sa respiration s'accéléra tandis qu'il l'amenait de plus en plus près de la délivrance qu'elle désirait ardemment.

—Gunnar, gémit-elle.

—Plus fort, souffla-t-il contre elle, sa voix profonde envoyant des vibrations sur elle, ajoutant à son plaisir.

—Gunnar....Gunnar.....Gunnar ! cria Laga tandis que l'extase s'emparait d'elle.

Son nom résonna à travers la grotte tandis que sa gloire luisait sur ses lèvres.

FIN

LARS : MIS AU DÉFI PAR LA GUERRIÈRE

ROMANCE HISTORIQUE TORRIDE

PROLOGUE

LA PLUIE n'avait jamais dérangé Lars. Au contraire, il trouvait thérapeutique et purifiante la sensation de la pluie qui ruisselait sur son visage. Levant son visage vers les cieux, Lars restait là, pensif, laissant les vents froids et la pluie emporter ses inquiétudes. Mais plus il restait immobile, plus son esprit s'agitait, le rendant anxieux. Cette nuit-là, aucune quantité de pluie ne pourrait laver ses craintes.

Quitter le Danemark pour l'Angleterre avait été un choix facile. L'implantation était censée être une mission simple — aider Leif à construire et développer la nouvelle colonie à la Pointe. Lars avait espéré que ce serait un pas dans la bonne direction pour devenir l'un des hommes de confiance du Roi. Alors, comment avait-il pu en arriver là ?

Convoqué par le Roi pour l'informer des derniers développements dans les îles britanniques, Lars avait été chargé d'élaborer un plan pour la guerre imminente contre les Britanniques. La tâche semblait assez simple. Pourtant, le voilà en route vers une colonie entière de Nordiques sans aucun renfort. Lars se targuait d'être « au courant de tout ». Alors le fait qu'il ait passé presque un an dans la colonie sans savoir que les Nordiques n'étaient qu'à un jet de pierre était un coup dur pour son ego. Que ne savait-il pas d'autre ? Tandis que les doutes s'insinuaient, Lars devenait de plus en plus agité.

Faisant les cent pas devant la grotte, son estomac se tordait d'inquiétude. Les Nordiques étaient des ennemis de toujours, et il se sentait terriblement mal préparé. Il allait chevaucher droit dans la gueule du loup sans aucun guerrier à ses côtés. Avec le recul, Lars savait que s'il était arrivé en force, ses paroles seraient tombées dans l'oreille d'un sourd. Cela aurait été perçu comme un acte d'agression entraînant une effusion de sang inutile.

Il jeta un regard vers la grotte où Laga et son nouveau mari s'adonnaient à des activités auxquelles Lars préférait ne pas penser. Lars espérait et priait les dieux que son nouveau beau-frère ait le pouvoir de lui obtenir une audience avec la bonne personne.

Le rire de Laga résonna dans la grotte, enveloppant Lars d'un sentiment momentané de bonheur. Laga était son univers. Sa protection et son bonheur avaient toujours été une priorité. Lars n'avait peut-être pas été d'accord avec cette union au départ, mais l'amour de Gunnar pour Laga était indéniable. Il aurait pu les laisser tous mourir aux mains des Britanniques. Au lieu de cela, il était revenu pour les aider par amour pour Laga. Lars aspirait à avoir quelqu'un qui l'aimerait ainsi.

Le regret montra son vilain visage. Lars avait été proche de l'amour une fois, au Danemark, avec une belle jeune fille aux cheveux dorés. Ils devaient se marier. Mais en apprenant ses ordres du Roi de s'aventurer dans les îles britanniques, elle s'était jetée dans les bras d'un autre.

Aurais-je dû me battre plus fort pour elle avant qu'elle ne se marie ? Ai-je fait une erreur en la laissant partir ? pensa Lars tandis qu'il continuait à faire les cent pas.

Chassant cette pensée, il se dit que ce n'avait pas été une erreur. C'était son destin, sa chance de gloire et l'ambition de sa vie de travailler pour le Roi. D'ailleurs, que connaissait Lars de l'amour ?

CHAPITRE 1

Triska était assise à fixer d'un regard furieux Gunnar et ses invités. Elle n'était pas d'humeur pour des présentations cordiales avec l'ennemi viking. Comment son espion le plus fiable avait-il pu revenir de sa mission non seulement avec une nouvelle épouse, mais aussi avec un *Danois* ? Triska s'était battue toute sa vie pour prouver qu'elle était à la hauteur de la tâche d'être une femme à la tête d'une colonie norse. Qu'un des siens amène un ennemi juré au camp pour une audience risquait probablement de remettre son autorité en question. Cette réunion était bien la dernière chose dont elle avait besoin.

Gunnar expliquait sa position avec confiance, défendant son choix de s'allier aux Danois contre les Britanniques. Mais tout ce que Triska pouvait faire, c'était regarder le grand Danois massif. Lars avait effectivement de larges épaules imposantes qui s'affinaient vers une taille élancée. Ses bras étaient si puissants que ses vêtements semblaient prêts à se déchirer au moindre mouvement. Il arborait une longue barbe noire qui descendait plus bas que sa poitrine, soigneusement arrangée en torsades et en tresses. Il était beaucoup trop distrayant au goût de Triska.

— Je n'ai pas besoin d'aide pour repousser les Britanniques. Ils ne nous prêtent aucune attention ; qu'ils s'occupent des Danois. Une préoccupation de moins pour nous. Laissons nos ennemis s'entre-tuer. Les Britanniques ne sont pas mon problème, déclara Triska.

Son conseil de guerriers explosa en acclamations à cette annonce. Ses hommes lui étaient fidèles et faisaient confiance à son jugement ; après tout, elle les avait protégés jusqu'à présent.

— Ils ne sont peut-être pas votre problème maintenant, mais ils le seront, rétorqua la montagne d'homme.

— Vraiment ? Et qu'est-ce qui vous en rend si sûr ?

— Les Britanniques ne nous voient pas comme des Norrois ou des Vikings. Ils nous voient comme des envahisseurs sur leur terre. Ils se moquent bien de notre histoire. Pour eux, nous sommes tous pareils.

— Ha ! Nous ne nous ressemblons en rien. Vous, les Vikings torrides, n'êtes que des brutes, tout en muscles mais sans cervelle. Nous, les Norrois, sommes bien supérieurs à tous points de vue. Demandez à votre sœur, elle a passé sa vie avec des Vikings, pourtant elle partage le lit d'un Norrois, railla Triska, appréciant la lutte visible sur le visage du Viking.

Triska savait qu'elle avait touché un point sensible ; tout ce qu'elle avait à faire était de le pousser un peu plus fort. Une fois que Lars aurait perdu son sang-froid et attaqué, elle n'aurait plus à s'inquiéter que ses hommes veuillent prendre son parti.

— Vous prouvez mon argument. Pourquoi les Britanniques nous verraient-ils différemment si une femme viking peut s'associer à un Norrois ? Vous pouvez nous laisser combattre les Britanniques seuls, mais combien de temps pensez-vous qu'il faudra avant qu'ils ne frappent à votre porte ? avertit Lars.

Les hommes de Triska murmurèrent entre eux. Le Danois marquait un point. Triska resta silencieuse, l'observant défendre sa cause devant ses hommes. Il ne reculait pas. Triska se força à réprimer un léger sourire. Danois ou pas, elle admirait sa détermination et son ardeur. Il était prêt à se mettre à la merci de ses ennemis pour aider son peuple. C'était un Viking fort, tant mentalement que physiquement. Mais elle était plus forte et attendait avec impatience le jour où elle pourrait le lui prouver.

— Admettons que ce que vous dites soit vrai, et que les Britanniques viennent pour notre foyer, commença Triska. Pourquoi devrions-nous vous aider ? Nous avons vécu ici sans être dérangés par les Britanniques bien plus longtemps que vous, les Vikings. Les Britanniques n'étaient pas un problème jusqu'à ce que vous envahissiez. Si quelque chose est responsable, c'est bien vous. Vous avez fait votre lit ; maintenant il est temps de vous y coucher ! lança Triska par-dessus le grondement croissant de ses hommes.

CHAPITRE 2

— Nous avons empêché la guerre de s'aggraver. Nous avons tué le traître qui s'est allié aux Britanniques..., argumenta Lars.

— Exactement ! L'un des vôtres vous a trahi. C'est *votre* peuple qui a déclenché cette guerre en premier lieu. Pourquoi devrais-je mettre la vie de mes gens entre vos mains !? Vous préféreriez me planter votre hache dans le dos plutôt que mourir en protégeant ceux qui combattent à vos côtés ! rétorqua Triska. Elle bondit sur ses pieds et traversa la tente d'un pas furieux pour se tenir face à face avec Lars.

— Ne prétendez pas me connaître ! Des accusations de telle traîtrise ne me laissent pas indifférent ! rugit Lars.

— Que comptez-vous faire pour m'arrêter, *Danois* ? lui cria Triska en retour.

Un silence tomba dans la tente. Tout le monde observait cet échange. Lars serra la mâchoire, plongeant son regard dans les yeux brun profond de Triska. Il pouvait voir à quel point elle prenait plaisir à le tourmenter. Elle voulait qu'il supplie pour obtenir son aide ; Lars préférerait mourir.

La femme norse était aussi grande que Lars. Ses cheveux brun foncé étaient retenus en arrière par de multiples tresses qui les maintenaient hors de son visage. Ses bras étaient presque aussi musclés que les siens. Lars se surprit à admirer sa musculature et le fait qu'elle était vêtue pour le combat, armée de deux larges épées à ses hanches.

— Oh, regardez, le Danois a perdu sa langue. Plus rien à dire ? Parce que vous savez que je dis la vérité ! le provoqua Triska.

— Comment pouvez-vous prétendre que nous avons envahi ces terres si vous y étiez déjà ? grogna Lars en retour, égalant son esprit.

— Les Britanniques ne nous prêtaient aucune attention jusqu'à ce que les vôtres arrivent, répondit-elle.

— Mon Roi ne souhaite pas une invasion à grande échelle - Pas avant que nos colonies n'aient un pied solide dans le Nord. C'est simplement le prix à payer pour nous avoir trahis. Vous prétendez n'avoir aucun différend avec les Britanniques, mais ils ont dit à votre espion qu'ils prévoyaient de s'en prendre à vous ensuite. Pourquoi donc ? demanda Lars, un sourire satisfait plissant ses lèvres.

— Vous, les Danois, êtes des imbéciles. Vous prétendez avoir besoin de notre aide, puis vous nous révélez le plan de votre Roi pour ces terres.

— Vous esquivez. Je vous dis cela comme preuve de confiance. L'ennemi de mon ennemi est mon ami. Souhaitez-vous être notre amie dans cette guerre ou notre ennemie ? questionna Lars.

— Supposons que nous vous aidions. Lorsque vous ferez votre invasion, qu'adviendra-t-il de nous ? s'enquit Triska.

— Je ne peux parler au nom de mon Roi. Je promets que si vous vous joignez à nous, je ferai tout mon possible pour garantir que nous puissions vivre en paix.

— Et je suis censée accepter votre parole ?

Lars sentait sa colère monter. Toutes ces discussions ne faisaient que perdre du temps. Pendant qu'ils débattaient, les Britanniques se rapprochaient de son foyer pour le réduire en cendres. Lars ne comprenait pas pourquoi cette femme belle et forte pouvait être si négligente avec la vie de son peuple. Les Danois avaient deux colonies ; les Norses en avaient une. Les chiffres à eux seuls devraient la pousser à le rejoindre.

Stupides Norses têtus, toujours à compliquer les choses, pensa Lars.

— Vous êtes censée vouloir protéger votre peuple. La guerre approche, et pourtant vous êtes prête à rester en retrait ? s'écria Lars.

— Comment osez-vous venir me demander de l'aide puis m'insulter chez moi. Tout ce que je fais est de penser à mon peuple, c'est pourquoi je ne veux rien avoir à faire avec votre guerre ! répliqua-t-elle sèchement.

Les tempéraments s'échauffèrent et les mots volèrent comme des dagues alors que leur dispute continuait. Était-ce de la haine l'un pour l'autre ou autre chose qui les faisait se battre avec une passion si effrénée pour leur cause ?

— Assez ! rugit la femme. J'ai dit ce que j'avais à dire, maintenant partez.

— Vous êtes stupide, lança Lars.

— Alors traitez-moi de stupide...

— Attaque britannique ! cria une voix de l'extérieur tandis que le cor de guerre retentissait. La dernière chose que Lars vit avant que Triska ne quitte la tente fut un regard de fureur brûlante dirigé vers lui tandis qu'elle dégainait ses deux épées pour rejoindre le combat.

CHAPITRE 3

TRISKA SORTIT en courant de sa tente pour voir les troupes britanniques envahir son campement comme une armée de fourmis agaçantes. L'attaque n'aurait pas pu être mieux chronométrée. C'était comme si les Britanniques savaient que les Vikings et les Nordiques se disputaient entre eux. Elle avait laissé Lars la distraire et comptait bien le lui faire payer plus tard.

Triska traversa le campement en courant, aboyant des ordres à ses soldats. — Formation, boucliers, armes ! Ils n'avaient peut-être pas été préparés à cette attaque, mais cela ne les empêcherait pas de défendre leur foyer.

Les attaques de Triska étaient implacables ; dès qu'un soldat bloquait son épée à deux mains, s'exposant ainsi, elle lui enfonçait sa courte épée dans le ventre, l'éventrant et le laissant pour mort. Manier deux épées lui permettait de mieux combattre face à un tel nombre d'adversaires. Les troupes britanniques ne faisaient pas le poids contre elle. Son regard passait rapidement d'un adversaire à l'autre. Elle était prête à parer chaque attaque avant même qu'elle ne survienne.

Bloquant une attaque sur deux fronts, Triska écarta largement les bras, faisant tournoyer ses épées avec une telle vitesse que les soldats qu'elle combattait furent pris au dépourvu. Ses lames tranchèrent leurs gorges, et le sang gicla sur elle tandis que les hommes s'effondraient au sol, agrippant désespérément leur cou, tentant de s'accrocher à la vie.

Des bruits de pas derrière elle alertèrent Triska d'une nouvelle présence. Pivotant avec son épée dégainée, elle arrêta sa lame juste à temps alors qu'elle touchait la gorge de Lars.

— Que fais-tu encore ici, Danois ? lança sèchement Triska.

— Un simple merci serait apprécié, rétorqua Lars.

Tirant un couteau de sa hanche, Lars le lança à travers les airs, frôlant l'oreille de Triska pour se planter dans la gorge d'un assaillant surgissant derrière elle.

— Je ne veux ni n'ai besoin de ton aide, aboya Triska tout en affrontant un soldat petit et rond qui n'était pas fait pour le combat.

— Je t'avais prévenue que les Britanniques viendraient, répliqua Lars.

— Tu es venu ici pour tes propres intérêts égoïstes. Ne prétends rien d'autre.

— Tu es désespérante, s'exclama Lars.

— Les Britanniques ne nous ont jamais dérangés jusqu'à ce que tu arrives au camp !

Triska combattait des hommes sur deux fronts. Lars maniait sa hache avec une habileté impressionnante. Mais Triska ne pouvait pas se permettre d'être distraite par lui. Elle était encore furieuse de ses paroles précédentes. Maintenant, son foyer était attaqué. S'il insistait pour rester, il serait forcé de l'écouter. Alors qu'ils combattaient côte à côte, Triska défendait son point de vue, tandis que Lars refusait de céder sur le sien. Ils étaient pris dans une bataille sans fin, une d'épées et une de mots.

Absorbés dans le combat, les deux guerriers se retournèrent, et les épées de Triska vinrent s'écraser contre la hache de Lars. Entrelacés dans une étreinte guerrière, leurs regards se croisèrent tandis qu'ils haletaient pour reprendre leur souffle.

— Tiens ta langue, femme. Comment un homme est-il censé se battre avec tout ce bavardage ? gronda Lars, la repoussant pour se reconcentrer sur le combat.

— Typique d'un mâle viking. Incapable de faire plus d'une chose à la fois, rit Triska en décapitant proprement un soldat à peine sorti de l'adolescence.

Une accalmie dans la bataille survint. Aucune troupe ne se dirigeait vers eux, leur nombre diminuant face aux forces des Nordiques. Triska observa son campement. L'endroit était en ruine, mais son peuple gérait bien les troupes restantes. Une main saisit son bras, réclamant son attention. Elle se retourna pour voir Lars avec un visage orageux, mais les yeux emplis de désir et d'envie.

— Incapable de faire plus d'une chose à la fois ? demanda Lars, lançant un autre couteau à travers les airs pour abattre un soldat au loin tandis qu'il attirait Triska à lui. Ses lèvres s'écrasèrent sur les siennes alors que sa langue envahissait sa bouche. Pendant un instant, elle perdit le fil de ses pensées et lui rendit son baiser jusqu'à ce qu'elle le sente sourire contre ses lèvres. Le repoussant, Triska rengaina l'une de ses épées et gifla Lars assez fort pour lui laisser la joue aussi rouge qu'elle se sentait.

— Tu ne connais pas ta place, lança-t-elle. mais elle constata qu'elle ne pouvait détacher son regard de sa bouche.

Sans réfléchir, Triska attrapa Lars par le col et le ramena vers elle. Un frisson parcourut son corps, comparable seulement à l'adrénaline du combat. Oubliant qu'ils se tenaient encore sur le champ de bataille, les mains de Lars parcoururent le dos de Triska, embrasant sa peau de désir. Glissant ses mains sous sa chemise, Triska fit courir ses doigts sur les muscles définis de son ventre. Pourquoi était-il si distrayant ? Comment pouvait-elle ressentir cela pour un ennemi ? Était-ce de la curiosité ? Elle n'avait connu que la chaleur des Nordiques ; peut-être le Viking pourrait-il lui faire vivre quelque chose de nouveau.

Une flèche enflammée siffla près du couple, les arrachant à leur étreinte et leur rappelant qu'ils se tenaient encore en plein milieu d'un champ de bataille. Triska se lança à nouveau dans la bataille sans lui jeter un regard en arrière, se frayant un chemin à coups d'épée à travers le campement, laissant Lars là où il se trouvait.

CHAPITRE 4

LES BRITANNIQUES SAVAIENT qu'ils avaient perdu. La plupart de leurs hommes étant morts, les autres battaient précipitamment en retraite. Lars observait de loin Triska qui rassemblait les soldats britanniques blessés pour les interroger et s'occupait de ses propres blessés. Elle commandait sur le champ de bataille avec grâce et autorité ; Lars était impressionné par elle. Il réalisa rapidement que son admiration pour elle grandissait. Il pouvait encore sentir son goût sur sa langue. En parcourant le champ de bataille, Lars se demandait ce qu'il pourrait dire pour regagner son attention.

— Vos guerriers se battent bien. C'est tout à fait admirable, offrit Lars comme rameau d'olivier.

Triska se tourna vers lui. La lueur de désir dans ses yeux, présente lors de leur baiser, avait depuis longtemps disparu, remplacée par la fureur. Rengainant ses armes, elle s'approcha rapidement de lui et enfonça son poing dans sa poitrine.

— C'est de *votre* faute. Vous les avez menés ici ; ils ne sont venus que parce qu'ils vous voulaient *vous* ! aboya-t-elle, alertant tous ceux aux alentours.

— Je vous avais prévenue que la guerre approchait, rétorqua Lars.

— Votre guerre ! Pas la mienne Regardez autour de vous ! Regardez mon foyer. Mon peuple saigne à cause de vous ! rugit Triska.

— Triska, s'il vous plaît, intervint Gunnar. Quand les Britanniques m'ont capturé, j'ai obtenu des informations. Ils venaient ici que Lars soit présent ou non, tenta-t-il de la raisonner.

Triska lança à Gunnar un regard lui ordonnant de reculer. Elle était mécontente que son espion prenne la défense de son ennemi.

— Dois-je alors vous blâmer ? Nous aurions pu être préparés si vous étiez venu ici au lieu d'aller vers nos ennemis. Estimez-vous chanceux que nous n'ayons aucun mort, ou leur sang aurait été sur vos mains ! claqua Triska, faisant immédiatement reculer Gunnar.

Triska évalua les dégâts. Quelques huttes avaient été touchées, mais rien de si grave qui ne puisse être rapidement réparé. La cour centrale était ravagée, et les corps des ennemis gisaient éparpillés ; le sol était rouge de leur sang. Les Norrois s'étaient rapidement occupés des Britanniques. Quelques-uns des leurs auraient besoin des soins des guérisseurs pour leurs blessures, mais la plupart des blessures étaient superficielles.

— Je n'aime pas me répéter, alors écoutez attentivement. Les Britanniques n'ont jamais été notre fardeau. C'est un incident isolé que vous avez amené ici. Nous avons facilement géré les Britanniques. S'ils reviennent, nous nous occuperons d'eux à nouveau... et ensuite, je les enverrai chez vous, asséna Triska en donnant un coup dans l'épaule de Lars, attendant sa réponse, mais aucune ne vint.

Lars savait qu'elle était en colère et blessée par l'attaque sur son foyer. Il ressentirait probablement la même chose à sa place, mais Lars connaissait aussi les femmes. Il n'y avait rien qu'il puisse offrir pour lui faire changer d'avis.

— Vous êtes venu ici pour de l'aide, et maintenant je refuse. Quittez ma colonie tant que je vous permets encore de garder votre tête sur vos épaules, gronda Triska avant de se diriger vers sa hutte.

Triska se tenait à l'entrée de sa hutte, observant, attendant qu'ils partent. Son regard suffisait à faire penser un homme à la mort. Elle regarda Lars, Laga et Gunnar rassembler leurs chevaux et partir. Gunnar avait fait son choix. Il était maintenant du côté des Vikings, une décision qu'elle n'oublierait pas de sitôt.

Lorsque le groupe fut hors de vue, Triska entra finalement pour trouver son second, Velika, qui l'attendait. Velika et Triska étaient amies depuis des années. Amitié mise à part, Triska admirait l'esprit stratégique et analytique de Velika. Elle avait prouvé sa valeur en tant que co-conseillère à maintes reprises, et Triska avait hâte d'entendre son opinion sur la question.

— Tu veux dire ce que tu penses ? Je ne t'ai pas vue faire les cent pas aussi vainement depuis des années, dit Velika, offrant à Triska une cruche d'hydromel.

Triska accepta la coupe mais ne but pas. Elle avait besoin d'avoir l'esprit clair, et l'hydromel ne ferait que troubler ses pensées.

— De quoi y a-t-il à parler ? demanda Triska, faisant les cent pas.

— Mes paroles ne te plairont peut-être pas, mais une alliance pour-rait être sage, se risqua Velika.

Triska lui lança un regard agacé. Comment pouvait-elle prendre parti pour les Danois après qu'ils aient amené les Britanniques à leur porte ? Ils étaient maintenant pris dans une guerre qui n'était pas la leur.

— Tu peux expliquer ? lança Triska, claquant sa boisson sur la petite table en bois, renversant le contenu.

— Nous avons gagné cette bataille. Mais si ce que dit Gunnar est vrai, et que la guerre approche, nous n'avons aucune chance contre l'armée britannique. Les Vikings ont deux colonies que nous connais-sons, ce qui signifie que si nous combinons nos forces, nous avons une chance. Nous sommes en infériorité numérique face aux Britanniques. Comment penses-tu que le Roi réagirait s'il apprenait la chute de notre première colonie ? Sous ta direction, qui plus est.

Triska savait que Velika avait raison, mais cela ne voulait pas dire que cela lui plaisait. Même si Triska était l'une des rares dirigeantes féminines favorisées par son Roi, obtenir son approbation pour diriger la première colonie avait tout de même été une bataille. Les Britan-niques n'avaient peut-être pas considéré les Norrois comme une menace en raison de leur faible nombre, et Lars avait raison. Viking ou Norrois, tout ce que les Britanniques voyaient, c'était le nombre crois-sant d'envahisseurs sur leurs côtes.

— Et comment penses-tu que le Roi réagirait s'il découvrait que nous nous sommes alliés à notre ennemi ? défia Triska.

— À la lumière de la situation et d'une menace croissante, je pense que le Roi trouverait ton choix de former une alliance judicieux.

Triska se tourna pour décrocher sa ceinture et plaça ses épées dans le coin. Velika avait raison. Mais Triska ne pouvait pas dépasser le fait que les Britanniques n'étaient apparus que lorsque Lars était arrivé. Alors que son esprit repassait la bataille, elle ne pouvait s'empêcher de penser à la façon dont ses muscles saillaient pendant qu'il combattait, à la sensation de sa main sur son bras, et au goût de ses lèvres. Le bout des doigts de Triska picotait à l'idée de les passer sur ses abdominaux. Elle se demandait si le reste de son corps était aussi ferme. Chassant cette pensée, elle reporta son attention sur Velika.

— Prendre le parti des Vikings est une chose. Mais je ne fais pas confiance à Lars. Il y a quelque chose chez lui...

— Quoi donc ? Qu'il est un bon combattant ? Qu'il n'a pas faibli sous ton regard scrutateur ? Ou le fait que tu développes des sentiments pour lui... demanda Velika avec un sourire narquois.

— Des sentiments ? Je ne connais pas cet homme, répliqua Triska sur la défensive.

— Tris, j'ai vu comment tu le regardais, comme tu regardais Burka. Que les dieux prennent soin de son âme. Tu n'as regardé aucun homme de cette façon depuis des années.

— Mes yeux se sont posés sur quelqu'un de nouveau, c'est tout, railla Triska.

CHAPITRE 5

LE SOMMEIL ne vint pas facilement à Triska cette nuit-là. Elle se tournait et se retournait sur son lit de camp. Son corps était trempé de sueur, et son esprit éveillait en elle de nouveaux désirs.

Ses mains effleuraient sa peau. Ses lèvres caressaient son cou. Ses doigts à elle retraçaient chacun de ses muscles. Elle pouvait sentir ses cuisses enroulées fermement autour de ses hanches. Elle pouvait goûter son souffle sur sa langue, ses doigts dans ses cheveux. Sa respiration devenait courte et rapide ; elle pouvait presque sentir le poids de son corps sur le sien.

— Triska, lui murmurait-il à l'oreille.

— Lars, répondait-elle.

Il prenait son sein dans sa bouche, taquinant ses mamelons douloureux à chaque coup de langue.

— J'ai besoin de plus, Lars, ordonnait Triska.

Obéissant à son ordre, Lars descendait en parsemant son ventre, ses hanches et ses cuisses de baisers. Lentement, il lui écartait les jambes, sa tête se mettant en position. Elle pouvait sentir son souffle à son entrée.

Triska haleta, s'arrachant à son rêve. Son corps était trempé d'une sueur froide, son cœur battait la chamade. Cela avait semblé si réel. Elle pouvait presque sentir ses mains sur sa peau. Pourquoi occupait-il ainsi ses pensées ? Était-elle frustrée parce que son rêve le mettait en scène ? Ou parce qu'il avait négligé de terminer sa tâche, la laissant avec un désir lancinant entre les cuisses qui réclamait son attention ?

Triska essaya de se rendormir, mais son esprit était assailli d'images de son rêve. Plus elle s'en rappelait, plus son corps réclamait d'être touché. Finalement, elle décida de céder à ses pulsions. Faisant glisser sa chemise de nuit de ses épaules, elle s'allongea et ferma les yeux. Des images de Lars traversaient son esprit tandis qu'elle passait ses doigts sur sa peau, imaginant que ses mains étaient les siennes.

Ses mains parcoururent ses seins. Elle prit son mamelon entre ses doigts et commença à le taquiner tandis que son autre main retraçait les lignes de ses hanches. Ses doigts caressèrent l'intérieur de ses cuisses alors qu'elle rêvait du toucher de Lars. Glissant ses doigts entre ses jambes, elle hoqueta à cette sensation. Doucement, elle caressa son bourgeon douloureux. Triska se mordit la lèvre pour garder ses gémissements silencieux tandis qu'elle glissait ses doigts à l'intérieur.

Ses mains étaient couvertes de ses fluides. Elle désirait ardemment Lars et imaginait ce qu'il pourrait faire à son corps si la simple pensée de lui la faisait trembler. Son esprit revint à leur baiser, sa langue massant la sienne alors qu'elle accélérait son rythme. La tension montait dans le creux de son ventre, une chaleur se répandant dans son corps comme un feu de brousse. Se léchant les lèvres, elle se rappela son goût, inspirant. Elle se remémora son odeur masculine et sauvage.

Triska convulsa, son dos s'arquant tandis qu'elle atteignait l'orgasme. Se détendant à nouveau dans son lit, Triska soupira de frustration. Elle n'avait jamais eu de problème à se donner du plaisir auparavant. Cela l'apaisait toujours. Mais cette fois était différente. Elle avait besoin de plus. Elle avait besoin de sentir Lars en elle.

Frustrée par les pensées de cet homme qui l'exaspérait, Triska s'habilla rapidement, décidant que si l'auto-satisfaction ne suffisait pas et que le sommeil ne venait pas, peut-être qu'une promenade dans l'air nocturne l'apaiserait.

Serrant ses fourrures autour d'elle, elle se promena, observant comment le camp dormait paisiblement. Les seuls sons étaient ceux de la nature et de la nuit. Le doux bruissement de l'air nocturne agitait les arbres. Elle pouvait entendre le faible bourdonnement des insectes et le son lointain des vagues léchant le rivage.

Elle entendait les chevaux et s'approcha davantage des murs du camp. Une ombre sur la colline à l'extérieur du camp attira son attention. L'ombre s'approchait des murs du camp. Triska savait qu'elle était sortie sans armes, mais elle se connaissait suffisamment pour savoir que même un petit caillou pouvait être une arme adéquate.

Lentement, elle s'avança vers l'ombre, se faufilant autour des huttes pour intercepter quiconque s'y trouvait avant qu'il ne puisse donner l'alarme, au cas où d'autres se trouveraient à proximité. Se glissant hors des ombres, elle rencontra la seule personne qu'elle ne s'attendait pas à voir. Lars.

Il était tard, et il était seul. Triska savait qu'elle devrait poser des questions. Espionnait-il ? Planifiait-il sa propre attaque pour agiter les troupes ? Ou était-il revenu pour elle.

— Que fais-tu ici ? demanda-t-elle.

— J'explorais les environs, m'assurant qu'aucune troupe ne rôdait à proximité, chuchota Lars.

— Es-tu seul ? demanda-t-elle.

— Bien sûr, répondit Lars.

Avec lui debout devant elle en chair et en os, n'étant plus un rêve, son corps s'anima. Elle avait besoin de lui plus près pour l'apaiser, pour calmer le désir grandissant en elle. Lars la regarda, perplexe face à son silence.

Après un coup d'œil pour s'assurer qu'elle n'était pas suivie, Triska plaqua Lars contre le mur, le coinçant contre le bois.

— Quoi ?... commença Lars.

Avant qu'il ne puisse prononcer des mots qui briseraient sa concentration, Triska lui agrippa les cheveux et l'embrassa avec la passion qu'elle désirait tant.

CHAPITRE 6

Lars était retourné à la colonie nordique pour avoir une discussion avec Triska. Il était toujours en colère contre elle de l'avoir repoussé. Et pas seulement ça, mais sans même avoir réfléchi correctement à ses arguments après qu'ils avaient combattu côte à côte.

Sur le chemin du retour vers la colonie, il avait préparé un discours dans sa tête, défendant une fois de plus sa cause. Mais depuis qu'elle l'avait trouvé dans l'obscurité, tout bon sens avait quitté son esprit. Elle ne portait plus l'armure de cuir prête au combat qu'elle avait plus tôt. Elle était simplement vêtue d'une tunique de laine enveloppée de fourrures pour se protéger du froid.

Lars en resta sans voix. Même avec seulement la lumière de la lune autour d'eux, il pouvait voir les courbes de ses hanches, ses seins généreux se dressant fièrement sur sa poitrine. Ses jambes étaient aussi fortes que les siennes, et il se demandait quelle sensation elles procureraient enroulées autour de sa taille.

Elle l'embrassa plus fort, tirant sur ses cheveux comme si elle ne pouvait pas se rapprocher assez de lui. Lars savait que ce n'était probablement pas une bonne idée, mais il pouvait déjà se sentir durcir sous son contact.

— Trisk... commença Lars, mais Triska pressa ses doigts contre ses lèvres, le faisant taire.

Silencieusement, Triska commença à déshabiller Lars, le libérant des liens de ses vêtements. Détachant ses fourrures, elle les étendit sur le sol à ses pieds, puis retira sa tunique par-dessus sa tête. Lars resta debout, la mâchoire serrée. Il avait envie de la laisser tomber. La vue qu'elle lui offrait était magnifique.

— Est-ce que tu... Mais une fois encore, Triska posa un doigt sur ses lèvres.

Triska enveloppa sa main autour de sa mâchoire, l'embrassant, mordillant sa lèvre inférieure et caressant sa langue avec la sienne. Sa main retraça les muscles de son ventre avant de trouver ce qu'elle cherchait. Enroulant ses doigts autour de son sexe épais et dur, elle le caressa lentement. Il était agréablement large, et elle le taquina comme il l'avait fait dans son rêve. Lars laissa échapper un gémissement au fond de sa gorge.

Les mains de Lars parcoururent son dos, caressant la courbe de ses hanches avant de saisir ses fesses rondes et de la soulever. Elle répondit de la même manière, enroulant étroitement ses jambes autour de lui. Doucement, Lars la déposa sur les fourrures.

— Triska...

— Arrête de parler et prends-moi, tout simplement, interrompit Triska.

Lars n'avait pas besoin qu'on le lui dise deux fois. Avec elle allongée sous lui, il écarta largement ses jambes. En caressant son entrée, il fut ravi de constater qu'elle était déjà humide, consentante et prête pour lui. Lars se glissa en elle, laissant échapper un petit gémissement en la sentant. Elle était si serrée, l'enserrant avec une force qui menaçait de le faire basculer trop rapidement.

Lars poussa en elle avec force, souriant intérieurement tandis que la tête de Triska basculait en arrière. Un gémissement s'échappa de ses lèvres, et ses yeux se fermèrent alors que ses mains griffaient son dos. Ses jambes s'enroulèrent à nouveau autour de sa taille, le tenant près d'elle, ne le laissant pas partir. Lars saisit son sein, suçant son mamelon entre ses dents, le caressant avec le bout de sa langue tout en poussant plus fort et plus vite.

Les ongles de Triska effleuraient la peau de son dos, et ses gémissements doux et légers, à peine un murmure, chatouillaient son oreille. Alors que son plaisir grandissait, Triska commença à onduler des hanches, répondant à ses coups par les siens. Il pouvait la sentir se resserrer autour de lui. Cette sensation était délicieusement folle.

Passant un bras sous sa jambe, Lars amena celle-ci à reposer sur son épaule, lui permettant de pousser plus profondément. Triska se mordit la lèvre, luttant pour rester silencieuse. Lars mourait d'envie de l'entendre gémir son plaisir, mais pour l'instant, l'extase sur son visage et la sensation de son corps qui répondait au sien lui suffisaient. Ses coups s'intensifièrent alors que le plaisir le submergeait, se déversant en elle. Lars l'entendit haleter et sentit son corps trembler sous lui alors qu'ils atteignaient l'orgasme ensemble.

Lars haletait, restant immobile au-dessus d'elle, reprenant ses esprits pendant un moment. Triska ne fit aucun effort pour le déplacer. Finalement, Triska repoussa Lars, rassembla ses vêtements et se rhabilla rapidement. Lars regardait, confus.

— Triska...

Encore une fois, ses doigts rencontrèrent ses lèvres, cette fois avec un léger secouement de tête. Lars remit ses vêtements aussi vite qu'il le put tandis que Triska disparaissait dans la nuit. Que venait-il de se passer ? Où allait-elle ? Dès qu'il le put, Lars se mit à la suivre. Finalement, il la rattrapa près de sa hutte. Elle l'entendit venir et pivota pour lui faire face. Son visage était froid et dur.

— Ne me suis pas, ordonna-t-elle, clouant Lars sur place alors qu'elle tournait les talons et s'éloignait.

CHAPITRE 7

L E JOUR SUIVANT, Triska se réveilla satisfaite. Lars ne l'avait pas déçue. Mais maintenant, elle savait qu'il attendrait probablement de lui parler. Il n'y avait plus rien à dire. Les Britanniques restaient un problème, et il était une distraction dont elle n'avait plus besoin.

Appelant Velika, elle convoqua Gunnar et Lars.

— Ils ont quitté le camp sur tes ordres hier, dit Velika, confuse.

— Ils ne sont pas loin du camp. Envoie des éclaireurs les chercher et les amener à moi, ordonna Triska.

S'habillant rapidement de son armure de bataille, elle s'assit dans sa hutte, attendant patiemment. Effectivement, peu de temps après, Velika et ses éclaireurs revinrent avec Gunnar et Lars à leur suite.

— Le fait que mes éclaireurs vous aient trouvés si facilement me prouve que vous avez ignoré mes instructions. L'attaque des Britanniques ne sera pas la dernière, et mon peuple doit se préparer. Prenez congé et rentrez chez vous, déclara Triska, gardant son visage sévère et ses yeux fixés sur Lars.

Lars restait debout avec un air déconcerté.

— Puis-je te parler seul à seule, Triska ? demanda Lars, croisant les bras sur sa poitrine.

Triska regarda Velika et hocha la tête. Une fois les autres partis, Lars et Triska restèrent en silence. Elle attendait qu'il parle, et Lars voulait clairement qu'elle s'explique.

— Tu ne vas pas offrir d'aide pour la guerre ? demanda Lars.

— J'ai dit non. Ma parole est définitive. Je te demande de partir.

— Pourquoi ? demanda Lars.

— Comme je l'ai dit, mon peuple doit se préparer. Je ne peux pas faire cela avec toi encore ici. De plus, les Britanniques ne tarderont pas à se diriger vers votre colonie. Je t'offre simplement la courtoisie d'une longueur d'avance.

Lars haussa un sourcil et marmonna quelque chose qui n'atteignit pas les oreilles de Triska. Secouant la tête, il laissa tomber ses bras et s'avança vers elle. Par instinct, Triska posa sa main sur la poignée de son épée.

— Et si les Britanniques reviennent ? Penses-tu qu'ils seront cléments avec toi après leur défaite ? Tu laisses tes sentiments pour moi obscurcir ton jugement, affirma Lars.

— Je n'ai aucun sentiment pour toi, dit froidement Triska.

Lars recula d'un pas, ne croyant pas les mots qui sortaient de ses lèvres. Comment pouvait-elle dire cela ? Lars ne connaissait peut-être pas grand-chose à l'amour, mais il n'était pas aveugle. Le souvenir de son corps réagissant à lui la nuit dernière était encore frais.

— Si tu n'as pas de sentiments, comment expliques-tu le baiser sur le champ de bataille ? C'est peut-être moi qui l'ai initié, mais tu m'as rendu ce baiser. Et que dire de la nuit dernière ?

— Vous, les Vikings torrides et vos egos, vous croyant un cadeau envoyé par les dieux pour que nous, les femmes, puissions en profiter.

— Tu ne peux pas me dire que la nuit dernière ne signifiait rien, insista Lars, essayant de cacher la douleur dans sa voix.

— Allons, Lars, nous ne sommes pas des enfants. Vous, les Vikings, vous vantez constamment de vos conquêtes. Je t'ai simplement fait devenir l'une des miennes, haussa Triska les épaules.

Lars secoua la tête, passant une main dans ses cheveux. Ce n'était pas la même femme que ces derniers jours, n'est-ce pas ? Elle avait peut-être été une leader forte, déterminée et fière, mais il ne l'avait jamais considérée comme froide.

— Regarde-moi dans les yeux et dis-moi qu'il n'y a rien entre nous, et j'honorerai ta demande et je partirai, dit Lars, plongeant son regard profondément dans ses yeux.

Triska resta impassible face à ses paroles. Son visage était aussi immobile que la pierre.

— Je n'ai aucune idée de ce dont tu parles, répondit-elle.

Lars la regarda, attendant le moment où elle craquerait et dirait que tout était un mensonge. Mais rien ne changea.

— Dans ce cas, je vais prendre congé.

CHAPITRE 8

LARS N'ATTENDIT PAS de voir si Triska changerait d'avis. Il ne comprenait pas pourquoi elle était si têtue ni comment elle pouvait ignorer l'étincelle entre eux. Mais, mettant ses sentiments blessés de côté, son esprit restait concentré sur ce qu'il fallait faire face à l'attaque britannique imminente. Lars croyait qu'ils pouvaient avoir une chance entre la colonie de la Pointe et celle dirigée par les frères Jürgensen. Un petit coup de main des Nordiques n'aurait pas été de refus, cependant.

L'une des conseillères de Triska, Irmusta, promit de chevaucher avec eux jusqu'à mi-chemin. Lars était reconnaissant du geste, mais sentait que Triska leur avait assigné une autre espionne pour s'assurer qu'ils quittaient bien le camp.

Gunnar, Irmusta et Laga bavardaient entre eux. Lars était trop occupé à ruminer ses pensées pour participer. Rejouer les paroles de Triska le faisait bouillir de rage. Chaque fois qu'il fermait les yeux, il revoyait ce regard dur et glacial. Rien de ce que Lars pouvait dire ou faire ne la ferait changer d'avis. Comment allait-il expliquer cela au Roi ? Comment résisteraient-ils aux Britanniques ? Bougonnant pour lui-même, Lars craignait de devenir fou.

— Je suis désolé, mon frère. Triska est connue pour être têtue, mais je pensais qu'elle écouterait, dit Gunnar.

Lars grommela une réponse inaudible, son regard fixant au loin.

— Elle s'est battue durement pour prouver qu'elle est une dirigeante digne de ce nom. Et jusqu'à présent, cela a bien fonctionné. Mais, malheureusement, je pense que l'attaque britannique n'a pas joué en votre faveur, parla doucement Irmusta.

Lars grommela à nouveau, sa colère couvant sous la surface, menaçant d'éclater à tout moment.

— Je vous ai fait défaut. J'ai fait défaut à Laga. Je le sais. Je ne me reposerai pas tant que je n'aurai pas fait tout mon possible pour aider dans cette guerre, dit Gunnar, attirant enfin l'attention de Lars.

En regardant son beau-frère, il pouvait voir la tristesse et le regret sur son visage aussi clairement que les arbres à l'horizon. Oui, Lars était en colère, mais sa colère n'était pas dirigée contre Gunnar.

— Ne t'excuse pas, Gunnar. Tu ne nous as pas fait défaut. Tu es revenu quand le danger était imminent pour nous avertir. Tu as accueilli dans ton camp un ennemi de ta cheffe et tu t'es porté garant pour une cause plus grande. Ma colère n'est pas contre toi, soupira profondément Lars.

— Je trouve que ce que vous avez fait était honorable. D'abord, vous êtes venu offrir de l'aide dans une guerre dont nous ne savions rien. Puis, quand notre cheffe vous a éconduit, vous êtes resté pour combattre avec nous. Je vous ai vu sur le champ de bataille. Vous avez du talent ; c'est très admirable, dit Irmusta.

— Je ne comprends pas comment Triska a pu dire non après une telle attaque, intervint finalement Laga.

— La haine entre nos peuples remonte loin et est profondément enracinée. C'est difficile à surmonter, admit Lars.

Plongé dans ses réflexions et repensant aux derniers jours, Lars réalisa à quel point il en était venu à respecter Gunnar. Non seulement il était venu offrir son aide, mais il aurait aussi pu prendre le parti de sa cheffe. Pourtant, il retournait à la Pointe avec eux. Alors que Lars pensait initialement qu'Irmusta était une espionne, plus ils parlaient, plus Lars réalisait que tout le monde ne pensait pas comme Triska. Tout le monde n'était pas gouverné par la colère aveugle et la haine. Peut-être qu'une alliance serait possible. Peut-être était-il temps de mettre de côté les vieilles rancunes et d'unir leurs peuples. La question était : comment ?

— Gunnar, toi et Irmusta m'avez ouvert les yeux. Peut-être qu'un jour, nos peuples pourront dépasser notre sombre histoire et apprendre à vivre en paix. Tout le monde n'est pas aveuglé par le passé. Peut-être devrions-nous tous prendre exemple sur les jeunes. Vos esprits sont bien plus avancés que celui d'un vieux fou comme moi, dit Lars.

— Vous dites qu'une alliance est possible ? demanda Laga.

— Peut-être un jour, répondit Lars après un moment de réflexion.

Le soleil descendait sur les collines, baignant le rivage distant dans des teintes chaudes et douces d'orange. Ils atteindraient bientôt le point à mi-chemin, mais comme la nuit s'installait, ils convinrent que monter un camp pour la nuit serait la meilleure option.

Irmusta prépara le feu pendant que Gunnar partait chasser pour trouver de la nourriture. Laga préparait le camp, et Lars guettait tout signe d'ennemis approchant. Alors que les derniers rayons de lumière du jour disparaissaient et que la lune s'élevait haut dans le ciel, la conversation revint sur ce qu'il faudrait pour que Triska accepte une alliance.

Laga dépouilla les lapins et les plaça sur le feu. L'odeur était délicieuse, faisant saliver tout le monde d'anticipation. Aucun n'avait réalisé à quel point ils avaient faim.

— Je ne veux offenser personne, mais Triska n'est pas la seule dirigeante nordique. Si elle n'accepte pas une alliance, peut-être que quelqu'un d'autre le fera, dit Laga.

— J'adore ton tempérament, Laga, mais la colonie de Triska est la seule nordique sur ces rivages. Pour l'instant, sourit Gunnar en enlaçant sa femme.

— Pour l'instant, sourit Irmusta, ce qui incita Gunnar à lui donner un coup de coude joueur dans le bras.

Ils mangèrent leur repas et discutèrent autour de la chaleur du feu de camp. Irmusta raconta des histoires de son amour perdu, et Laga et Gunnar partagèrent leurs rêves pour leur vie ensemble. Pendant tout ce temps, Lars ne pouvait s'empêcher de penser à Triska. Elle le laissait perplexe.

Lars admirait sa détermination à protéger son peuple. Son leadership et sa motivation étaient remarquables. Son habileté à l'épée était impressionnante, et son corps semblait avoir été sculpté par les dieux. Elle était tout ce qu'il avait jamais pensé vouloir chez une femme, et pourtant elle l'avait rejeté. Un désir lancinant dans sa poitrine laissait Lars troublé ; quel était ce sentiment ? Qu'est-ce que Triska lui avait fait ? Lars avait besoin de temps seul pour réfléchir.

— Je vais prendre congé et me reposer. Dormez bien, mes amis, souhaita Lars à tout le monde bonne nuit.

En se dirigeant vers le bord du camp, Lars se préparait à dormir quand il regarda en arrière vers la colonie nordique. La nuit les avait enveloppés. Mais il y avait assez de lumière dans le ciel pour éclairer la vue ; et pas de doute sur ce qu'il voyait. S'élevant à travers les arbres, des nuages d'épaisse fumée noire. Immédiatement, son esprit se tourna vers Triska tandis que son cœur se serrait dans sa poitrine.

Il y avait beaucoup trop de fumée pour qu'elle provienne des feux de camp. La colonie était attaquée. Elle avait besoin de lui, qu'elle veuille de son aide ou non, et Lars n'allait pas rester assis à ne rien faire. Se levant d'un bond, il chargea en direction du camp.

— Qu'est-ce qui ne va pas ? demanda Laga, paniquée.

— Le feu. La colonie a été attaquée ; nous devons retourner là-bas, répondit Lars en préparant son cheval.

— Je vais chevaucher avec toi. Irmusta, emmène Laga jusqu'au Point et préviens les autres, dit Gunnar en préparant son cheval.

— Je ne crois pas ; je viens avec vous ! protesta Laga.

— Nous n'avons pas le temps de discuter. Laga, n'interviens que si tu y es obligée. Reste à la périphérie de la colonie. Cache-toi dans les arbres si nécessaire. Mais il ne restera rien à sauver si nous ne rentrons pas vite, ordonna Lars.

Sans attendre de voir ce que les autres faisaient ni d'entendre davantage leurs paroles, Lars monta sur son cheval et galopa vers Triska.

CHAPITRE 9

TOUTE LA COLONIE était en flammes. Lars n'arrivait pas à s'en approcher suffisamment malgré tous ses efforts. Les Britanniques étaient revenus avec des forces doublées. Gunnar et Irmusta chargeaient juste derrière lui. Les Norrois étaient de puissants guerriers, mais face à l'ampleur des troupes britanniques, Lars craignait qu'ils n'aient aucune chance.

— Abattez-en autant que possible ! Je vais chercher Triska, ordonna Lars en sautant de son cheval et en se frayant un chemin à travers la bataille.

Les Norrois combattaient à trois contre un ; la bataille semblait déjà perdue. Les morts des deux camps jonchaient le champ de bataille. Les yeux rouges de colère, Lars se fraya un passage à travers le combat, balançant sa hache pour abattre soldat après soldat.

Les flammes rugissaient en se propageant de hutte en hutte. Les hommes pris par le feu hurlaient de douleur, et des râles d'agonie emplissaient l'air. Si c'était le premier signe de guerre, Lars craignait que sans alliance rapide, Norrois et Vikings ne périssent tous.

Lars brandissait sa hache comme jamais auparavant, tranchant des têtes et brisant des cous. Alors qu'il combattait deux soldats, une épée faillit lui transpercer le dos, mais fut arrêtée par les mains habiles de Triska maniant deux armes. Lars eut l'impression de respirer pour la première fois depuis son retour dans la colonie. Triska était vivante.

Couverte du sang des morts, avec une profonde entaille à l'épaule, Triska ne se laissait pas arrêter. En silence, ils combattirent côte à côte.

Lars lança sa hache à travers le champ de bataille enflammé, stoppant une attaque qui aurait pu rendre sa sœur veuve. Gunnar se retourna, adressant un signe de tête reconnaissant à Lars avant d'enfoncer son épée dans le ventre d'un autre soldat.

— Lars ! cria Triska en lui lançant l'une de ses épées.

Lars fut impressionné par le poids de l'épée, et encore plus impressionné par la facilité avec laquelle Triska l'avait maniée. Velika apparut à travers les flammes, une brûlure couvrant son bras tandis qu'elle se battait pour protéger les jeunes, les aidant à fuir la colonie. Voyant sa seconde en danger, Triska courut vers le soldat ; l'agrippant par l'arrière de sa cape, elle l'arracha en arrière. Lars saisit le soldat avant qu'il ne puisse retrouver son équilibre, transperçant son dos avec l'épée de Triska avant de le jeter dans les restes enflammés de la hutte la plus proche.

La bataille faisait rage, avec les cris des sans défense attaqués, les cris de guerre et le fracas du métal contre le métal. La colonie s'effondrait autour d'eux tandis que les flammes dévoraient tout ce qu'elles touchaient. Ce n'était pas une simple attaque ou un avertissement ; c'était une déclaration de guerre et le présage des horreurs à venir.

Les soldats britanniques étaient bien entraînés, donnant à Lars et aux Norrois un combat mémorable. Les soldats étaient venus préparés avec des boucliers pour se protéger. Mais Lars et Triska portaient en eux la colère de générations et brisaient leurs boucliers, luttant pour remporter la victoire.

Profitant d'une accalmie dans le combat, Lars prit un instant pour scanner les environs ; la fin de la bataille approchait. Un rugissement derrière lui l'alerta d'une nouvelle attaque. Un soldat de sa taille et de sa corpulence se ruait sur lui, l'épée à la main. Levant son épée, Lars bloqua l'attaque, enfonçant sa botte dans le ventre de l'homme et le repoussant en arrière. Ne laissant pas à l'homme le temps de récupérer, Lars se jeta en avant, mais son épée rencontra le bouclier de l'homme.

Lars luttait alors que l'homme combattait avec autant de férocité et de puissance que trois hommes réunis. La colère brûlait dans la poitrine de Lars. Rugissant, Lars balança son épée et l'enfonça dans le bouclier de l'homme. Utilisant ce mouvement à son avantage, le soldat tordit son bouclier et le jeta de côté, emportant l'épée de Lars avec lui et le laissant désarmé. Lars bondit en arrière, pivotant sur le côté. Lars donna un coup de pied, balayant les jambes de l'homme. Triska apparut juste à temps pour enfoncer son épée dans le dos du soldat avant qu'il ne puisse se relever et attaquer à nouveau.

— Merci, dit Lars.

— Ne me remercie pas encore. La bataille n'est pas terminée, répondit Triska avant de repartir aider les autres.

La bataille fit rage pendant la majeure partie de la nuit. Finalement, les dernières troupes britanniques tombèrent sous les coups des Norrois à l'aube. Ce fut une longue bataille avec de nombreuses pertes des deux côtés. Les Norrois avaient gagné, mais de justesse.

Lars, Gunnar, Triska, Velika et Irmusta se rassemblèrent au centre de ce qui restait de la colonie. Triska donnait des ordres aux quelques hommes restants pour éteindre les flammes et sauver ce qu'ils pouvaient.

— Il ne reste pas grand-chose à sauver. Je suggère que nous nous regroupions au Point, dit Lars, saisissant le bras de Triska, espérant lui faire entendre raison.

— Je n'abandonne pas ma maison, aboya Triska, libérant son bras.

— Nous reprendrons ces terres...

— Je ne *céderai* pas ces terres. C'est notre terre ; ils ne me la prendront pas à nouveau ! cria Triska.

— Regarde autour de toi, Triska ! La bataille est déjà perdue. Regarde ce qui reste de ton peuple. Si les Britanniques reviennent, vous n'aurez aucune chance. Si vous perdez, nous perdons tous. Ni les Norrois ni les Danois ne peuvent se permettre que les Britanniques gagnent un nouveau point d'appui dans le Nord. Alors viens avec moi. Et quand nous reviendrons, nous reviendrons avec une force qui fera trembler les Britanniques dans leurs bottes. Nous reprendrons cette terre et reconstruirons plus fort qu'avant.

Lars attendit la réponse de Triska. Il pouvait voir la douleur et la peur dans ses yeux. Elle se tourna vers Velika pour demander conseil. Lars connaissait ce regard ; c'était celui qu'il avait eu lui-même. Triska se remettait en question, se demandant si elle faisait le bon choix.

— Proposes-tu une alliance ? demanda Triska.

— Depuis le moment où je suis arrivé ici, répondit Lars.

Triska prit un moment. Elle le jaugeait, débattant intérieurement pour savoir si elle pouvait lui faire confiance ou non. Puis, soupirant profondément, elle tendit sa main.

— Bien, ce sera une alliance. Mais je veux avoir mon mot à dire sur les ressources que nous utilisons ; c'est ma colonie, après tout. Velika, je te laisse aux commandes. Je voyagerai jusqu'au Point avec toi, Lars, acquiesça Triska, un léger sourire effleurant le bord de ses lèvres.

CHAPITRE 10

Triska était assise fièrement sur son cheval alors qu'elle entrait dans le Point avec Lars, Gunnar et les autres. Elle fit semblant de ne pas voir les regards furieux et les mains qui se crispaient sur les pommeaux d'épées. Elle ne pouvait pas leur reprocher d'être sur la défensive. Elle avait réagi de la même façon quand Lars s'était aventuré dans son camp.

— Préparez-vous à la guerre ! ordonna Lars

Triska admirait la manière dont les hommes de Lars respectaient son commandement. Personne ne s'arrêta pour demander contre qui était cette guerre ou pourquoi il arrivait avec la chef de la colonie nordique. Au lieu de cela, les hommes s'empressèrent de grimper aux murs de la colonie pour les renforcer contre une attaque ; les archers prirent position aux défenses tandis que d'autres allaient chercher des provisions.

— Quels sont mes ordres ? demanda un homme que Triska apprit plus tard s'appeler Birgen.

— Préparez les navires, commanda Lars.

Birgen appela ses hommes et se dirigea vers le rivage. Triska pouvait voir que Lars était dans son élément. Il était fait pour commander. Les vierges guerrières s'armaient, et le forgeron suivait tout le monde de près en distribuant de nouvelles armes. Lars aboyait ordre après ordre mais n'hésitait pas à aider à barricader les murs. Triska ne pouvait s'empêcher de l'admirer et se demandait si elle l'avait mal jugé. Une pensée lancinante lui disait qu'elle aurait dû mettre sa fierté de côté et l'écouter plus tôt.

En tant que cheffe forte et fière qu'elle était, il était difficile pour Triska d'admettre que parfois, elle avait besoin de conseils. Mais en observant Lars, elle sentait qu'elle avait trouvé son égal.

— Ton peuple respecte ta direction. C'est une qualité admirable. Oserais-je dire que je te considère comme mon égal ? rougit Triska, laissant enfin transparaître ses sentiments.

— Je te tiens en même estime, sourit Lars.

— Je crains de t'avoir blessé par mon comportement après cette nuit-là hors des murs du camp, dit Triska en baissant le regard, incapable de rencontrer les yeux de Lars.

Lars lui releva doucement le menton, l'obligeant à le regarder.

— Peu importe. Je peux voir tes vrais sentiments dans ces yeux, sourit Lars.

— Nous dirigeons chacun nos propres colonies ; comment sommes-nous censés... Lars l'interrompit par un bref et doux baiser.

— Nous trouverons comment être ensemble... après la guerre, sourit Lars.

Le monde autour d'eux sombrait dans le chaos. La guerre n'avait été qu'un murmure dans la nuit, mais maintenant elle approchait avec la fureur de mille feux. Pourtant, à travers toute cette folie, tout ce que Lars savait, c'était qu'avec Triska, tout prenait sens. Il avait à ses côtés une femme belle et forte qui savait ce qu'elle voulait et n'avait pas peur de le dire. Elle était loyale envers son peuple et une dirigeante accomplie qui commandait et recevait du respect. Elle était la version féminine de lui-même.

— Triska, avant que la guerre ne franchisse notre seuil, je dois te dire ma vérité. Tes paroles ne m'ont pas blessé. Au contraire, c'est l'idée que tu puisses tomber aux mains des Britanniques sans que je sois à tes côtés qui m'a blessé, dit Lars assez bas pour que seule Triska l'entende.

— Attention, Danois, ou je vais croire que tu éprouves des sentiments pour moi, sourit Triska.

— Je ne prétends pas en savoir beaucoup sur l'amour. Mais quand j'ai chevauché vers les flammes, mon cœur semblait brûler aussi. L'idée de te perdre était insupportable, admit Lars.

— Qu'est-ce que cela pourrait être d'autre que de l'amour ? demanda Triska.

— C'est exactement ce que je pense, sourit Lars en attirant Triska dans ses bras.

Les Vikings torrides se préparaient au combat, gardant les murs et se criant des ordres les uns aux autres. Mais dans les bras l'un de l'autre, ils n'auraient pas remarqué si le monde entier avait été en feu. Lars caressa la joue de Triska, mémorisant son visage comme si c'était la dernière fois qu'il le voyait. Triska attira Lars plus près d'elle et pressa ses lèvres contre les siennes.

ÉPILOGUE

La colonie gisait dans un silence d'attente. Les femmes et les enfants avaient été évacués vers les villages voisins avec une petite garde au cas où les Britanniques oseraient s'aventurer dans leur direction. Les murs avaient été renforcés et des archers gardaient les remparts. Tous les chevaux étaient sellés et prêts. Des barricades et des tranchées avaient été creusées à l'extérieur des murs de la colonie, et les navires étaient équipés, prêts à prendre la mer. Des éclaireurs et des messagers avaient été envoyés vers l'autre colonie, leurs cavaliers galopant à travers la nuit.

Lars, Birgen, Gunnar, Triska, Irmusta et le reste du conseil de guerre de Lars s'étaient réunis à l'intérieur. Les débats avaient fait rage toute la nuit. Le principal point de discussion était de savoir combien de navires devaient être envoyés.

—Les Britanniques ont déjà fait preuve d'une grande force. Nous ne voulons pas réduire nos effectifs en envoyant trop d'hommes sur les navires. Leurs bateaux ne font pas le poids face aux nôtres. Nous avons besoin de suffisamment de navires pour protéger depuis la mer et d'un pour atteindre l'autre colonie ; trois navires devraient suffire, proposa Triska.

Elle avait vu la puissance des Britanniques. Elle avait subi trop de pertes pour risquer de les sous-estimer à nouveau. Lars savait que ses paroles étaient sensées, mais convaincre les autres serait une tâche ardue.

—Nous sommes plus forts en mer ; nous pouvons couvrir une zone plus vaste et attaquer avant qu'ils ne nous atteignent. Par conséquent, plus il y a de navires, mieux c'est, argumenta Birgen.

—Ne soyez pas stupide. Si tous nos hommes sont en mer, qui défendra les murs ? Et s'ils mettent le feu à la colonie comme ils l'ont fait avec les Norrois ? Il n'y aura pas assez de bras pour éteindre les flammes, argumenta un Viking aux cheveux gris.

—Et si nous divisions nos forces en deux ? La moitié par mer, la moitié sur terre ? demanda Gunnar.

—Ce ne sont pas vos forces à commander, lança quelqu'un sèchement.

—Assez ! Nous avons un ennemi commun. Une alliance a été formée. Leurs forces sont les nôtres, et les nôtres sont les leurs ! tonna la voix de Lars, faisant taire la salle.

Tant de voix et d'avis avaient rendu le débat houleux jusqu'à ce qu'un compromis soit finalement trouvé. Trois navires patrouilleraient le long de la côte, et deux tenteraient d'atteindre la première colonie. Fatigués par les disputes, tous se dirigèrent vers leurs lits. Ils avaient besoin de repos pour la bataille à venir.

Triska attendait à l'extérieur de la grande salle du château pendant que Lars souhaitait bonne nuit à ses hommes. Puis, la voyant attendre, Lars s'approcha d'elle, marmonnant encore à lui-même. Ils avaient assez parlé pour cette nuit ; Triska avait d'autres idées en tête.

Le saisissant, elle le poussa contre le mur, le faisant taire d'un baiser aussi passionné que leur premier sur le champ de bataille.

—Avons-nous encore besoin de discuter des plans de guerre, ou ne peux-tu pas penser à une meilleure façon de passer la nuit ? demanda Triska avec un sourire narquois, tirant sur la ceinture de Lars.

—Je préférerais passer ma soirée à discuter stratégie avec toi, sourit Lars.

—Stratégie ? Nous pouvons finaliser les détails de la guerre demain matin. Pour l'instant, je préférerais faire taire ton esprit et mettre cette bouche à des usages plus divertissants.

Comprenant enfin son intention, les yeux de Lars s'assombrirent, emplis de désir et de faim. Prenant sa main, Triska le conduisit vers la chambre qui lui avait été attribuée pour la durée de son séjour. C'était une pièce pittoresque autrefois utilisée par la mère d'Ailsa. Assez petite pour être confortable mais avec suffisamment d'espace pour qu'ils puissent en profiter. Un petit lit de camp était posé contre le mur du fond, près d'une petite cheminée en pierre. Les braises mourantes du feu vacillaient lentement. Des bibelots et des décorations parsemaient les étagères, et une petite table en bois assez grande pour deux personnes avec une seule chaise trônait au milieu de la pièce.

Triska avait travaillé sur quelques plans de bataille personnels. Ses plans étaient encore étalés sur la table. Lars se dirigea vers la table, examinant ses stratégies ; elles étaient bonnes, brillantes. Elle avait dessiné une attaque planifiée sur tous les fronts, des hommes cachés le long du sentier menant à la Pointe, des navires gardant depuis la mer, et des dessins d'arbalètes plus grandes qui pouvaient couvrir plus de terrain que leurs archers standard. Elle avait tracé des traînées de feu pour piéger l'ennemi. Triska était remarquable.

—Tes plans de bataille sont étonnants. Pourquoi ne les as-tu pas présentés au conseil ? demanda Lars.

Triska balaya les plans de la table, envoyant rouleaux, sculptures en bois et runes s'éparpiller sur le sol. Elle posa son doigt sur ses lèvres et s'assit sur la table devant lui.

—Je te l'ai dit, plus de discussions de guerre ce soir, chuchota Triska. Mets cette bouche intelligente à meilleur usage.

Lars déposa un doux baiser contre son doigt et regarda Triska détacher son armure. Lars commença à dégrafer ses fourrures et passa sa tunique par-dessus sa tête. Puis, remontant les jupes de Triska haut sur ses cuisses, il écarta ses jambes et se glissa entre ses cuisses. Triska passa ses mains sur le torse solide de Lars, laissant sa tête tomber en arrière tandis que Lars faisait courir ses doigts le long de son dos, entrelaçant ses doigts dans ses cheveux.

—Triska, tu es magnifique. Une guerrière à envier. Ton esprit est aussi beau que ton corps. Pourquoi cacher tes talents ? Tes plans devraient être présentés au conseil, murmura Lars à son oreille, mordillant son lobe d'oreille et traçant des baisers le long de son cou.

—Ton admiration est bien appréciée, Lars. Mais je suis une chef norroise dans ton camp. Je dois d'abord gagner la confiance de ton peuple. On me traiterait de folle si j'arrivais en donnant des ordres, gémit Triska.

—Je tuerai quiconque ose mal parler de toi, gronda Lars, ses lèvres descendant le long de sa clavicule jusqu'à ses seins.

— Tu le ferais, n'est-ce pas ? sourit Triska.

— Je les brûlerais tous pour toi, grogna Lars, ses mains caressant ses seins, prenant chaque mamelon à son tour, faisant gémir Triska plus fort.

— Mon Danois, souffla Triska, en remontant son visage vers le sien.

Triska enroula fermement ses jambes autour de ses hanches, l'attirant plus près. Elle l'embrassa profondément, sa langue goûtant ses paroles.

— Je ferais n'importe quoi pour toi, grogna Lars.

— Alors prends-moi comme le guerrier que tu es, gémit Triska à son oreille.

Lars se dégagea de l'étreinte de Triska, la poussant pour qu'elle s'allonge à plat sur la table. Lars tomba à genoux et écarta largement les jambes de Triska. Triska se détendit, passant ses doigts dans les épais cheveux bruns de Lars. Triska pouvait sentir le souffle de Lars réchauffant l'intérieur de ses cuisses ; fermant les yeux, elle se remémora son rêve.

Lars remonta en traçant un chemin de baisers jusqu'à ce que sa bouche commence à explorer la partie d'elle qui réclamait son toucher. Triska laissa échapper un gémissement de plaisir tandis que sa langue léchait son bouton palpitant. Pendant que sa langue faisait des merveilles, ses doigts écartaient ses lèvres et l'étirait largement. Les mains de Triska exploraient ses seins, caressant et pinçant ses mamelons douloureux. Sa respiration s'accéléra alors qu'il la rapprochait de plus en plus de l'extase qu'elle désirait. Triska gémissait plus fort à mesure que son plaisir grandissait, jusqu'à ce que Lars s'arrête.

Avant que Triska ne puisse l'interroger, Lars saisit ses hanches et la tira de la table. La retournant, il l'allongea à plat et enroula ses tresses autour de sa main, lui faisant cambrer le dos. Lars passa sa main sur ses fesses, caressant la chair ronde et dodue avant de la claquer. Puis, se guidant vers son entrée, il s'enfonça profondément en elle.

— Lars, mon Danois, gémit Triska.

Lars pilonnait Triska plus fort, le son de leurs corps qui s'entrecho-quaient et de leur respiration haletante emplissant la pièce. Triska se serrait autour de lui, le relâchant uniquement pour se resserrer à nouveau. D'après ses gémissements, Triska savait que cela rendait Lars fou.

Lars sentait son plaisir monter mais voulait voir le visage de Triska lorsqu'ils atteindraient l'orgasme ensemble. Se retirant, Lars retourna Triska, la plaçant au bord de la table.

— Agrippe-toi à la table, soutiens-toi, grogna Lars tandis qu'il passait ses bras sous ses genoux, posant ses jambes haut sur ses épaules.

Triska obéit à son ordre et haleta lorsqu'il la pénétra à nouveau. Les seins de Triska rebondissaient sur sa poitrine sous le rythme impi-toyable de Lars. Puis, glissant sa main entre ses jambes, Lars encercla le doux bouton avec son pouce, se délectant des tremblements de Triska.

— Par les dieux, Lars, s'écria Triska.

— Regarde-moi, Triska, garde ces beaux yeux sur moi, ordonna Lars.

Triska plongea son regard dans celui de Lars tandis qu'il la pilon-nait plus vite, plus fort, caressant son bouton dans un rythme envoû-tant. Leurs gémissements d'extase s'intensifièrent jusqu'à ce qu'ils soient tous deux à bout de souffle. Elle pouvait sentir son orgasme qui montait au plus profond d'elle, mais elle ne voulait pas atteindre sa délivrance avant qu'il n'atteigne la sienne. Au contraire, elle voulait sentir sa libération en elle, sentir le puissant guerrier revendiquer sa victoire.

— Lars ! cria Triska.

— Triska ! répondit Lars à son cri tandis que sa délivrance le submergeait.

Triska s'autorisa enfin à ressentir son orgasme, se resserrant autour de lui, sentant chaque centimètre. Lars la prit dans ses bras et la porta jusqu'au lit de camp. L'allongeant, il la serra contre sa poitrine, embras-sant doucement son front.

— Maintenant, veux-tu parler de plans de bataille ? ricana Lars.

— Je préférerais recommencer, grogna Triska, grimpant sur lui, revendiquant sa propre victoire.

FIN

BIRGEN : TERRASSÉ PAR UNE FEMME À L'ÉPÉE

ROMANCE HISTORIQUE TORRIDE SUR LES VIKINGS

PROLOGUE

VELIKA ÉTAIT FORTE. Elle était la plus brave guerrière nordique de son clan et fière jusqu'au défaut. Pendant des années, elle avait été le second de son amie Triska. Avec Triska partie à l'établissement danois à la Pointe, c'était au tour de Velika de diriger. L'établissement de Velika était différent de la plupart, étant dirigé par des femmes. Mais elles avaient prouvé maintes fois qu'elles étaient faites pour réussir.

Les femmes de l'établissement de Velika s'étaient très bien débrouillées sans hommes jusqu'à présent dans les positions cruciales de leadership. Triska avait été choisie par le Roi nordique lui-même pour diriger le premier établissement nordique dans les Îles. Il n'avait émis aucune objection lorsque Triska avait nommé Velika comme son second. Les hommes ne se plaignaient pas, sachant comment le duo était né pour diriger. Les deux femmes étaient des guerrières victorieuses à part entière. Cependant, leur trait le plus important était qu'elles se souciaient des autres. Elles se souciaient de leur peuple, de leurs hommes et femmes, et elles traitaient tout le monde de manière égale.

Velika aimait l'équilibre de la vie dans son établissement et n'avait certainement pas besoin que de grands Danois musclés interfèrent avec le statu quo. Le problème principal était que plusieurs drakkars danois devaient arriver à l'établissement d'un jour à l'autre. Même si cela avait été convenu dans le cadre de la nouvelle alliance entre

Danois et Nordiques, cela n'arrêtait pas le sentiment croissant de malaise de Velika. L'établissement donnait l'impression d'être à nouveau envahi, et elle préférerait de loin gérer les choses elle-même. Comme si l'arrivée des Danois n'était pas un problème suffisant, il ne faudrait pas longtemps avant que les drakkars nordiques de l'Ancien Pays n'arrivent... En apprenant la nouvelle de l'attaque britannique, le Roi envoyait des renforts à l'établissement. Velika n'attendait aucune des deux arrivées avec impatience.

Depuis que Triska était partie avec son Danois, Lars, Velika s'était jetée dans la reconstruction de l'établissement. Les Britanniques avaient presque détruit sa maison, mais Velika n'abandonnait pas sans combattre. Elle s'occupait avec le travail pour ne pas penser à ses invités imminents. Elle installait des huttes pour les femmes, les enfants et les plus vulnérables en premier, aidant les guérisseurs avec les blessés et renforçant les murs extérieurs et les portes contre d'éventuelles attaques à venir.

— Quoi ? demanda Velika. Elle était trop occupée, perdue dans son propre monde, qu'elle avait manqué la question.

— Tu sembles distante depuis que Triska est partie, dit Estrid.

Estrid était l'une des plus coriaces guerrières de Velika et une amie de confiance. Chaque fois que Velika avait besoin de se défouler ou voulait renforcer ses compétences avec l'épée et le bouclier, c'était vers Estrid qu'elle se tournait.

— Comment ça ? demanda Velika.

— Eh bien, tu t'occupes de tâches dont tu n'as pas besoin. Tu stresses alors que tout le monde sait que tu es née pour diriger. Tu te plains beaucoup des Danois, répondit Estrid, aidant Velika à ériger le dernier mur d'une nouvelle hutte.

— Je suppose que je m'adapte simplement au fait que nous nous sommes alliés aux Danois, haussa les épaules Velika.

— Peut-être que tu veux un Danois pour toi-même, ricana Estrid.

Cela attira l'attention de Velika. Il était bien connu que Velika n'avait encore montré aucun intérêt à prendre un mari. Beaucoup avaient offert leur main, et beaucoup avaient essayé de la courtiser, mais tous avaient échoué. Velika n'avait ni le temps ni le besoin d'hommes, surtout pas d'un Danois.

— Explique-toi, claqua Velika.

— Eh bien, les hommes nordiques ne semblent pas attirer ton attention. Peut-être qu'un Danois est ce que tu veux à la place, répondit Estrid, choisissant soigneusement ses mots tandis que Velika la fusillait du regard.

— Bien que cela ne te concerne en rien, Estrid, je ne veux ni n'ai besoin d'aucun homme. Est-ce que je n'aide pas à diriger cet établissement parfaitement bien sans en avoir un ? aboya Velika.

— Excuse-moi, Velika. Je ne voulais pas t'offenser, baissa la tête Estrid.

— Connais ta place et à qui tu parles, ou trouve ta langue à jamais réduite au silence, grogna Velika, s'éloignant à grands pas de celle qu'elle considérait autrefois comme une amie.

Velika tolérait à peine les hommes nordiques de son établissement, s'efforçant toujours de les maintenir à distance. Cela ne les dérangeait pas, cependant. Ils la respectaient et lui donnaient l'espace qu'elle exigeait. Cela lui avait bien servi jusqu'à présent. L'esprit de Velika s'affolait à l'idée que l'établissement était sur le point d'être envahi. Nordiques et Danois voyageaient vers eux, et elle avait à peine suffisamment reconstruit pour loger les survivants de la dernière attaque.

Velika se précipita vers le bord de mer ; les vagues calmaient toujours son esprit agité. Des pensées de navires arrivant la tourmentaient et ses yeux étaient aussi hantés. Apparaissant à l'horizon se trouvaient plusieurs drakkars venant de l'est. Alors que les navires se rapprochaient, Velika relâcha le souffle qu'elle retenait. Ce n'étaient pas les navires nordiques ; c'étaient les Danois.

CHAPITRE 1

Un petit drakkar accosta sur la rive près de la colonie. Velika observait à distance, suffisamment près pour garder le navire en vue, mais assez loin pour ne pas être remarquée. Le bateau était à peine assez grand pour accueillir douze hommes. Ses voiles étaient d'un blanc cassé et légèrement abîmées, et la proue du navire était sculptée d'une longue tête de dragon décorative destinée à intimider. Les flancs étaient garnis de boucliers usés par les combats. Velika n'était pas impressionnée. Un petit groupe débarqua, principalement des hommes, mais quelques femmes étaient éparpillées dans le lot. Velika en avait vu assez.

La colère bouillonnait dans son ventre. Même si elle n'attendait pas avec impatience l'arrivée de son propre peuple, elle aurait préféré qu'ils arrivent avant les Danois. Avec plusieurs autres navires qui gagnaient du terrain, elle commençait à se sentir en infériorité numérique, sous-armée et claustrophobe. Elle devait occuper son esprit et ses mains, de peur d'enterrer sa hache dans un crâne danois. Alors, elle se mit au travail.

La hutte de Triska, qui appartenait temporairement à Velika, avait à moitié brûlé. À son soulagement, elle était dans un état de réparation plutôt simple. Elle avait passé beaucoup de temps depuis le départ de Triska à travailler sur la hutte, mais pas autant qu'elle l'aurait souhaité. Elle voulait que son peuple ait un toit au-dessus de leurs têtes avant elle-même. Les murs avaient été reconstruits, mais le toit était le problème principal, ce qui était la prochaine étape avant qu'elle puisse s'y installer confortablement.

Velika était occupée à creuser des trous pour implanter les poutres de soutien en bois du toit quand elle vit les Danois approcher. Elle continua à paraître occupée. Pourtant, gardant un œil sur leurs moindres mouvements, elle les observa alors qu'ils se dispersaient dans la colonie. La colère bouillonnait dans son sang tandis que l'un d'eux s'approchait dans sa direction.

C'était un homme grand, mais toujours plus petit que la plupart des hommes avec lesquels elle avait grandi. Il avait des épaules larges, des bras massifs et une démarche qui rayonnait de fierté. Ses cheveux étaient coupés courts, tout comme sa barbe blonde. Il prenait soin de son apparence, et Velika ne pouvait s'empêcher de remarquer qu'il semblait habillé un peu plus élégamment que les autres Danois qu'elle avait vus.

Velika avait fixé trop longtemps lorsque le Viking regarda dans sa direction. Un sourire agréable et accueillant illumina son visage. Pas intéressée par son sourire ou ses mots, Velika abandonna sa tâche et commença à couper du bois de l'autre côté de la hutte.

— Impressionnant, dit l'homme en apparaissant autour de la hutte.

Velika ne leva pas les yeux de sa tâche, abattant sa hache et coupant en deux une épaisse planche de bois.

— Puis-je me renseigner sur l'endroit où se trouve le chef de votre clan ? demanda-t-il.

— Chef ? demanda Velika, feignant l'ignorance.

Elle n'avait ni intérêt ni patience à traiter avec les Danois ce jour-là.

— Oui. Je suis le chef de cet équipage ; nous venons de la colonie écossaise pour échanger des mots avec votre chef concernant notre alliance. Je m'appelle Birgen. Puis-je connaître votre nom ? s'enquit Birgen.

Il était assez poli et semblait doux, presque tendre pour un Viking, mais Velika s'en fichait.

— Je ne sais rien d'une alliance ni de qui dirige maintenant notre clan. Je ne suis qu'une bergère. Posez vos questions ailleurs ; je suis occupée, dit Velika, en coupant un autre morceau de bois.

— Très bien, Birgen inclina la tête et partit, à la grande satisfaction de Velika.

Après une journée de travail acharné, l'estomac de Velika grogna. Saisissant un bol de ragoût et un morceau de pain, elle retourna à sa hutte, préférant manger seule. Elle n'avait pas parlé à Estrid depuis ce matin. Avec tous les nouveaux hommes qui flottaient autour du camp, elle voulait son espace. Elle ne savait pas encore qu'elle n'allait pas obtenir ce qu'elle souhaitait.

— Trouvez-vous cela amusant ? Votre comportement puéril de tout à l'heure ? gronda la voix de Birgen en entrant dans sa hutte.

— Je trouve quoi amusant ? demanda Velika, trempant son pain dans son ragoût, sans lever les yeux pour le regarder.

— J'ai passé la majeure partie de la journée à vous chercher. On s'est moqué de moi plusieurs fois avant qu'une de vos vierges au bouclier n'ait pitié de moi et me dise que j'avais déjà parlé au chef - *vous*. Comment croyez-vous que cela paraît ? Nous formons une alliance contre un ennemi bien plus grand, pourtant vous m'éconduisez et me faites passer pour un idiot, lança Birgen.

Velika ne put s'en empêcher et laissa échapper un petit rire, puis continua à manger.

— Quel genre de chef êtes-vous ? Vous en souciez-vous même ? aboya Birgen.

— Ne pensez pas à remettre en question mon leadership, *Danois* ! grogna Velika.

Elle avait soudainement perdu l'appétit. Se levant, elle prit son bol de nourriture à l'extérieur. Elle le donna aux quelques chèvres qui restaient, ignorant Birgen qui la suivait comme un chiot perdu.

— Votre colonie n'est pas la seule à souffrir. Des gens et des structures ont été perdus des deux côtés. C'est pourquoi nous devons rester unis. Nous avons formé cette alliance pour nous protéger mutuellement d'un ennemi bien pire. Ou êtes-vous trop aveugle pour le voir ?

— Avez-vous terminé ? demanda Velika, s'arrêtant net et lui faisant enfin face.

Elle en avait assez d'essayer de l'éviter et préférerait qu'il dise ce qu'il avait à dire et la laisse tranquille.

— Vous n'êtes en rien comme Triska ! Pourquoi elle aurait laissé une âme froide et indifférente comme vous aux commandes dépasse mon entendement, aboya Birgen.

— Vous ne connaissez pas Triska. Et vous ne me connaissez certainement pas. Si vous n'aimez pas être ici, vous êtes libre de partir, défia Velika.

— Croyez-moi, je préférerais de loin protéger ma maison, *mon* peuple, plutôt que d'être ici. Pour ce que j'en ai à faire, vous et votre peuple pouvez sauter dans la mer et laisser Njǫrd le dieu de la mer s'occuper de vous tous. Cependant, je suis un homme de parole et je sais que des choses plus importantes doivent être faites. Je peux mettre de côté ma fierté et mes sentiments pour votre espèce. Le pouvez-vous ?

Velika ne dit rien.

— Je suis ici sous les ordres de Lars pour coordonner nos forces combinées. Je suis ici pour travailler avec vous, pas contre vous, mais vous mettez ma patience à l'épreuve. Beaucoup ont été perdus et blessés après la dernière bataille. J'ai vu moi-même vos morts. À moins que nous travaillions ensemble, personne ne survivra à la prochaine vague d'attaques ! grogna Birgen, s'énervant des tentatives de Velika de l'ignorer.

CHAPITRE 2

À LA SURPRISE DE VELIKA, elle se sentit un peu honteuse de la façon dont elle avait traité Birgen. Son intention n'avait pas été de prendre la chose à la légère ; elle connaissait l'importance de l'alliance. Après tout, elle avait insisté auprès de Triska sur ce point avant qu'il ne soit convenu.

— Mes excuses, soupira Velika. Mon intention n'était pas de vous laisser penser que je ne prenais pas cette affaire au sérieux. Cela dit, je suis mécontente qu'un homme étranger arrive dans mon campement en pensant qu'il peut tout arranger, dit-elle.

— Je ne pense pas pouvoir tout arranger. Je suis ici sur ordre, commença Birgen, mais Velika l'interrompit avec un autre argument.

— Je ne suis pas une jeune fille fraîchement entrée dans l'âge adulte qui a besoin de protection ou de secours. Je suis une guerrière, déclara Velika en se tenant droite. J'avais déjà vu des batailles bien avant de commencer à diriger ce clan. Si vous ne pouvez pas supporter qu'une femme soit aux commandes, c'est votre problème, pas le mien, affirma-t-elle fermement.

Birgen la regarda, confus.

— Je n'ai aucun problème avec une femme aux commandes. J'ai un problème quand on me prend pour un imbécile, répondit Birgen.

— Alors ne rendez pas la chose si facile. J'ai accepté cette alliance et je m'y tiendrai. Cela ne signifie pas que je doive l'apprécier. Nous attendons l'arrivée de renforts de Norvège. D'ici là, cette conversation est terminée. Vous êtes plus que capable de trouver un endroit pour loger et nourrir vos hommes pour la nuit. Nous pourrons continuer à discuter de la coordination demain matin. Pour l'instant, j'ai des choses à faire, insista Velika.

Velika continua à réparer le toit de sa hutte, si concentrée sur son travail qu'elle ne remarqua pas que Birgen l'avait rejointe jusqu'à ce qu'elle le heurte presque en tournant à l'angle.

— Que faites-vous ? grommela-t-elle.

— Je suis ici pour aider de toutes les façons possibles. Nous pouvons discuter de l'alliance pendant que nous travaillons. Je parle mieux quand mes mains sont occupées de toute façon, dit Birgen en détachant ses fourrures et en saisissant une grande poutre en bois.

CHAPITRE 3

BIRGEN AVAIT ÉTÉ ÉLEVÉ par une légendaire vierge au bouclier. Il n'avait jamais eu de problème avec les femmes en position de pouvoir et n'avait que du respect pour Velika. Peut-être s'était-il mis en colère quand elle l'avait fait passer pour un imbécile, mais c'était purement dû à son orgueil blessé. En fait, cela n'avait fait qu'augmenter son respect pour elle. Elle lui avait montré qu'elle n'était pas du genre à se laisser marcher sur les pieds ou à plier devant la volonté de quiconque. Il admirait une femme qui avait sa propre opinion.

Ils étaient peut-être dans des camps opposés, mais Birgen était intéressé à découvrir davantage sur sa façon de diriger, car il appréciait ce qu'il avait vu jusqu'à présent. Cela aidait aussi qu'elle soit d'une grande beauté. Ses longs cheveux blonds, presque blancs, étaient attachés haut sur sa tête et descendaient tout de même longuement dans son dos. Ses yeux en amande, aussi bleus que la mer, pouvaient percer l'âme d'un homme. Elle aimait vivre seule, sans l'aide des hommes et, en conséquence, elle avait aussi la force d'un homme. Birgen appréciait qu'elle ait plus de chair sur les os que la plupart des autres femmes.

À contrecœur, Velika permit à Birgen et ses hommes de l'aider à réparer le toit. Birgen souriait chaque fois qu'il surprenait Velika en train de lutter contre elle-même, se mordant visiblement la langue, essayant d'éviter une nouvelle dispute.

Birgen devint curieux ; elle était forte, compétente et commandait le respect des hommes sous son autorité. Pourtant, elle restait méfiante, c'était évident. Elle évitait les hommes, surtout Birgen. Elle se protégeait, évitant les regards et s'éclipsant pour manger seule. Birgen comprit rapidement qu'elle était une femme blessée. Il voulait savoir ce qui avait poussé une femme comme elle à être si distante et effrayée.

Ce ne serait pas une tâche facile de le découvrir. Chaque fois que Birgen essayait de converser, Velika n'offrait que des réponses brèves et peu descriptives – des réponses qui menaient à la fin de la conversation. Elle prenait son temps pour répondre aux quelques questions qu'il posait, choisissant ses mots avec grand soin. Birgen voulait qu'elle comprenne qu'il respectait les femmes plus qu'elle ne le pensait. Mais pour cela, il devrait gagner sa confiance.

— Velmka...

— Velika, corrigea-t-elle.

— Mes excuses. Puis-je vous poser une question ? demanda Birgen.

— Une de plus ? Velika haussa un sourcil, et Birgen fut ravi de voir un sourire amusé se dessiner sur ses lèvres.

— Avez-vous reconstruit cette hutte vous-même ?

— En grande partie, répondit-elle.

— Vous êtes habile non seulement au combat et en leadership, mais aussi avec le bois. Votre travail est impressionnant. Vous devrez m'apprendre pour que je puisse aider à reconstruire quand je rentrerai chez moi, proposa Birgen.

— La flatterie ne vous mènera nulle part avec moi, lança Velika.

— Ce n'est pas de la flatterie si c'est la vérité.

Ils travaillèrent en silence pendant un moment avant que Birgen n'entende la réponse de Velika, sa voix à peine un murmure.

— Merci, dit-elle.

— Depuis combien de temps êtes-vous chef ? continua Birgen.

— Triska et moi sommes ici depuis que notre peuple a débarqué. Ce sera bientôt notre deuxième hiver ici.

Peu à peu, Velika commença à s'engager dans des conversations plus ouvertes, racontant à Birgen comment le Roi lui-même avait confié cette mission à Triska et à elle. Elle raconta des histoires de leurs luttes avec les villages locaux à leur arrivée, mais comment elles avaient rapidement établi la paix, permettant à la colonie de s'agrandir rapidement. Mais chaque fois que Birgen essayait de lui poser des questions un peu plus personnelles, elle devenait silencieuse ou cinglante. Sa réplique préférée était : *Si vous persistez à mettre votre nez dans des affaires qui ne concernent ni n'importent à l'alliance, je l'enlèverai définitivement de votre visage.*

— Je ne veux aucun mal, mais je respecterai vos souhaits, concéda Birgen.

Au fil de la journée, Birgen sentit qu'il avait besoin de savoir qui ou quoi l'avait blessée si profondément pour lui faire perdre confiance en tous les hommes. Il se surprit aussi à vouloir faire du mal à quiconque l'avait blessée. Cela lui brisait le cœur de voir les légers tressaillements qu'elle essayait de cacher, la façon dont elle évitait son regard, et comment elle reculait. Cela le peinait qu'elle porte tant de colère, l'utilisant comme armure. Il se jura de lui montrer que tous les hommes n'étaient pas à craindre ou à détester.

— Je suis content que la guerre approche, commença Birgen en étant prudent avec ses mots.

— Comment cela ? demanda Velika, surprise.

— Si la guerre n'approchait pas, nos peuples n'auraient peut-être jamais dépassé notre histoire. Je pense que c'est dommage. Votre peuple vous fait honneur ainsi qu'à votre leadership, et je suis heureux que la guerre nous ait réunis, pour ce que ça vaut. Je suis un homme qui cherche toujours à apprendre, et je sens que je peux beaucoup apprendre d'un chef et guerrier comme vous, dit Birgen.

Il fit un effort pour ne pas utiliser le mot femme. Il voulait qu'elle voie qu'il la respectait pour ses compétences et son esprit, pas pour son sexe.

— Comme réparer une hutte à moitié brûlée ? plaisanta Velika, suscitant la joie dans le cœur de Birgen.

— La première de nombreuses leçons, j'en suis sûr, sourit Birgen en retour.

C'était un progrès lent, mais Birgen était heureux de voir qu'ils commençaient à s'entendre. Elle restait prudente avec lui, mais elle s'était adoucie. Birgen n'oublierait jamais le premier sourire qu'il avait vu sur son visage. Un sourire qu'elle avait essayé de cacher, mais qu'il n'avait pas manqué. Il n'oublierait pas non plus le doux rire qu'elle avait tenté de dissimuler face à ses piètres tentatives de faire des blagues.

Le toit était presque réparé. Il faudrait encore une journée de travail, mais ce serait suffisant pour la soirée. Le soleil commençait à se coucher, et d'autres avaient allumé un feu pour préparer de la nourriture au centre du camp. Birgen savait que s'il voulait que Velika lui fasse pleinement confiance, il devait lui donner l'espace qu'elle désirait. Il ne voulait pas la brusquer avant qu'elle ne soit prête.

— Eh bien, je ne sais pas pour vous, mais l'odeur de ce sanglier me donne faim. Je suis aussi fatigué. Ça a été une longue journée. Ce fut intéressant de vous rencontrer, Velika, mais je pense qu'il est temps pour moi de prendre congé pour la soirée, sourit Birgen, inclinant doucement la tête.

— Oh ? Je suppose qu'il commence à faire sombre, dit Velika, légèrement déçue.

— Je crains d'avoir été absent de mes hommes trop longtemps aujourd'hui. Je ferais mieux de vérifier qu'ils n'ont pas causé de méfaits. Bonne nuit, Velika, sourit Birgen avant de se diriger vers le camp.

CHAPITRE 4

VELIKA DESCENDIT l'échelle et regarda Birgen disparaître entre les huttes et les campements. Elle n'était pas sûre de ce qui venait de se passer. Non seulement elle trouvait Birgen facile à parler, mais elle s'était également sentie suffisamment à l'aise pour oser s'ouvrir à lui. Il l'avait fait rire et s'était montré respectueux. Il n'était pas du tout ce à quoi elle s'attendait de la part d'un Danois. Velika prit une profonde inspiration lorsque cette pensée la frappa. Elle se rendait compte qu'elle appréciait le Danois.

Confuse par ses sentiments, elle vérifia le peu de travail qui restait dans sa hutte. Avec l'aide de Birgen, elle avait gagné au moins deux jours sur ce qu'elle pensait nécessaire Ayant besoin de se distraire, elle essaya de terminer le reste avant que le soleil ne se couche définitivement.

Rester occupée n'avait rien fait pour apaiser ses pensées. La colonie était animée d'une énergie vibrante. L'échange d'histoires, les rires, et même une flûte ou deux enveloppaient la colonie de musique. Velika décida qu'elle était restée trop longtemps éloignée de son peuple. Elle fit une promenade tranquille à travers le camp, vérifiant l'état des blessés et s'informant des progrès réalisés. Elle ne pouvait nier que les choses avaient bien avancé grâce à l'aide des Danois et de Birgen.

Les Danois avaient amené un guérisseur Les blessés se reposaient, leurs douleurs atténuées, et certains qu'on croyait aux portes de la mort se reposaient maintenant avec leurs proches à leurs côtés. Les murs extérieurs et la porte de la colonie étaient complètement réparés, et on parlait d'une possible expansion et de la construction de nouvelles huttes pour accueillir plus de monde. Velika n'aimait peut-être pas accepter l'aide des Danois, mais elle devait admettre qu'elle était impressionnée. Et reconnaissante.

En retournant vers sa hutte pour s'installer pour la soirée, elle tomba sur Birgen et quelques-uns de ses hommes autour d'un feu de camp. Il semblait qu'ils avaient installé leur camp près des portes pour monter la garde et montrer aux Norrois qu'ils n'étaient pas là pour envahir. Velika se faufila derrière une tente pour éviter d'être vue. Birgen semblait raconter une histoire ; ses hommes riaient avec lui, se tapant dans le dos. En scrutant le camp, Velika vit quelques-uns de ses propres hommes se tenir à proximité ; eux aussi riaient aux récits de Birgen.

— Qu'est-ce que vous faites là-bas ? Venez nous rejoindre, cria Birgen, apercevant les hommes qui l'observaient.

Ses hommes semblaient méfiants au début jusqu'à ce qu'une guer-rière – Velika supposait qu'il s'agissait de la seconde de Birgen – offre une gourde en cuir.

— Nous avons de la bière, lança-t-elle.

Le camp éclata en acclamations et en rires tandis que les Norrois s'installaient pour les rejoindre. Velika était hypnotisée ; elle ne pouvait détacher son regard. Velika s'émerveillait de la facilité avec laquelle Birgen rassemblait les gens. Elle observait comment l'histoire de leurs tribus et leurs vieilles rancunes se dissolvaient lentement dans la nuit.

Cette alliance était bien plus que nécessaire, pensa-t-elle.

CHAPITRE 5

MALGRÉ SES SENTIMENTS contradictoires envers le Danois la veille au soir, elle dormit paisiblement. Trop paisiblement. Les bruits de marteaux, d'ordres criés et le son caractéristique d'une hache fendant le bois la tirèrent de son sommeil. Puis, s'habillant rapidement, elle sortit. C'était une magnifique journée ensoleillée, probablement la plus chaude depuis son arrivée sur ces rivages il y a presque deux hivers.

La colonie bourdonnait d'énergie, et toutes les personnes valides avaient les mains pleines avec la reconstruction. S'ils continuaient à ce rythme, la colonie serait comme neuve d'ici la fin de la semaine. Velika se promenait à travers la colonie en admirant les progrès, rayonnant de fierté pour son peuple. C'est alors qu'elle le vit. Birgen s'était remis directement au travail, comme promis.

Birgen s'approcha d'un pas nonchalant, offrant à Velika un sourire de bon matin tout en jetant le bois qu'il avait ramassé sur le sol. Velika détourna le regard et continua sa conversation avec Estrid. Estrid lui donnait des nouvelles, mais même si Velika acquiesçait, les mots n'atteignaient pas ses oreilles. La tunique de Birgen collait à sa poitrine, soulignant le mur de muscles en dessous. Sa tunique ne laissait que peu de place à l'imagination, mais restait suffisamment aguichante pour faire réfléchir aux mystères cachés en dessous.

Birgen tira sur sa tunique pour l'enlever, l'utilisant pour essuyer la sueur de son front avant de la jeter de côté et de continuer à couper du bois pour les autres. La sueur dégoulinant sur sa poitrine mettait en évidence une longue cicatrice dentelée qui traversait son torse. Balançant sa hache, il ressemblait à un dieu. Toutes les autres femmes qui passaient s'arrêtaient pour le contempler.

— Il semble avoir un cortège d'admiratrices, sourit Estrid en faisant un signe de tête vers un rassemblement de femmes.

— Vraiment ? Je n'avais pas remarqué, haussa les épaules Velika.

Velika ne se souciait pas de la démonstration de masculinité rustique de Birgen ; elle avait dépassé le stade d'intérêt pour les hommes. Tout ce qu'un homme pouvait faire, elle s'était fait un devoir de le faire mieux, ou du moins au même niveau. Elle n'avait pas besoin d'un homme. D'après son expérience, les hommes étaient des bêtes égoïstes, égocentrées et indifférentes. Elle les considérait comme des êtres maléfiques qu'il fallait éviter à tout prix. Alors pourquoi avait-elle observé Birgen du coin de l'œil ? Pourquoi son pouls s'était-il accéléré et sa gorge s'était-elle asséchée ?

Sans s'en rendre compte, son regard dériva vers lui. Elle n'arrivait pas à détacher ses yeux de lui. Elle lécha ses lèvres sèches, et ses mains tremblèrent tandis qu'elle admirait la silhouette de Birgen et la façon dont ses abdominaux se contractaient lorsqu'il levait sa hache au-dessus de sa tête. Elle observait comment ses épaules gonflaient quand il abaissait la hache et comment le soleil se reflétait sur sa sueur, attirant son regard vers le petit buisson de poils qui remontait sur son ventre et traversait sa poitrine. Birgen avait remarqué qu'elle le regardait. Il sourit et hocha la tête en reprenant sa tunique pour s'essuyer.

Velika rougit ; elle n'avait pas voulu regarder. N'est-ce pas ? En colère contre elle-même pour avoir oublié son passé et pourquoi elle avait évité si longtemps la compagnie des hommes, elle marcha à grands pas vers le puits. Comment avait-elle pu baisser sa garde avec lui si rapidement ? Si facilement ? Cela faisait si longtemps qu'un homme n'avait pas fait réagir son corps comme il le faisait maintenant. Son cœur battait la chamade, sa tête tournait et sa peau picotait. En puisant de l'eau au puits, elle s'éclaboussa le visage, espérant que sa réaction était simplement due à la chaleur du soleil et non à la chaleur montante entre ses jambes. Posant ses mains sur le puits, Velika se stabilisa, cherchant dans son esprit des réponses qui ne semblaient pas venir.

— Belle journée, n'est-ce pas ? demanda Birgen en la rejoignant au puits.

Velika regarda en silence Birgen prendre plusieurs gorgées d'eau avant de s'asperger le visage.

— Que fais-tu ici, Birgen ? demanda Velika, sa frustration évidente dans sa voix.

— Je m'hydrate, rit Birgen.

— Non, je veux dire *ici*, fit Velika en désignant d'un geste le travail qu'il avait aidé à accomplir jusqu'à présent.

— Je suis ici pour aider, dit Birgen, sa confusion clairement visible.

— Tu es ici pour aider à élaborer un plan pour la prochaine attaque. Pourtant, nous n'avons rien fait d'autre que discuter de la guerre imminente.

— Et à qui la faute ? J'ai essayé de te parler dès mon arrivée, dit Birgen, un léger sourire sur les lèvres.

Velika voyait qu'il n'essayait pas de rejeter la faute ou de provoquer une dispute. Il était amusé.

— Pour cela, je suis désolée, admit Velika.

— Et si nous discutions des plans de bataille pendant le dîner ? demanda Birgen, surprenant Velika alors même que son cœur s'emballait.

— Je pense que c'est préférable. J'ai été tellement obnubilée par les besoins immédiats de mon peuple que j'ai l'impression d'avoir négligé les préparatifs d'une attaque. Je suppose que c'est en partie la raison pour laquelle je t'ai ignoré à ton arrivée. Je crains parfois de ne pas être une bonne dirigeante, souffla Velika, gardant son regard sur l'eau qui scintillait dans le puits.

— Est-ce la première fois que tu diriges seule ? demanda Birgen.

Velika acquiesça.

— Triska ne t'aurait pas laissée en charge si elle ne croyait pas en toi. Le fait que tu ressentes le besoin de remettre en question tes compétences de leadership signifie que tu es déjà une bonne dirigeante. Je ne suis ici que depuis un peu plus d'un jour ou deux, mais on voit clairement que tu es née pour diriger. La colonie est animée par des discussions sur le respect que les gens te portent. Ne doute pas de toi ; je crois en toi, dit Birgen, reprenant son souffle après une autre gorgée rafraîchissante.

Les yeux de Velika se levèrent pour rencontrer les siens. Elle ne s'attendait pas à ce qu'il soit si gentil. Ses mots réchauffèrent son cœur, et ses lèvres s'étirèrent en un sourire. Se renfermant, l'esprit de Velika s'emballa. Pourquoi lui disait-elle tout cela ? Ce n'était pas son affaire, après tout. Comment avait-il réussi à lui faire baisser sa garde ? C'était trop. Son cœur cognait dans sa poitrine, mais pas de la même façon que lorsqu'il s'était approché. Cette fois, elle sentait une étroitesse, une pression qui menaçait de l'étouffer. La panique.

— Je te verrai donc au dîner. Retrouve-moi dans la hutte du conseil, dit Velika en s'éloignant sans attendre de réponse.

CHAPITRE 6

La HUTTE du conseil était la plus grande structure du village. Elle était destinée aux rassemblements et aux réunions de stratégie de guerre, assez grande pour accueillir la moitié du village, avec une longue table en son centre. Velika avait passé plus de temps que d'habitude à se préparer pour le dîner. Elle n'avait jamais été une femme particulièrement préoccupée par son apparence, mais elle s'était trouvée frustrée de ne pas pouvoir tresser ses cheveux. Finalement, se contentant simplement de les attacher loin de son visage, elle se dirigea vers la hutte.

Birgen attendait dehors, et il n'était pas seul. Près de lui se tenaient plusieurs de ses hommes, sa seconde Olga, une guerrière à part entière, et plusieurs hommes de Velika. Son estomac se noua. S'était-elle attendue à ce qu'il arrive seul ? C'était elle qui avait suggéré la hutte du conseil ; peut-être que Birgen avait supposé que tout le monde serait impliqué. Alors pourquoi était-elle déçue ?

— Bonsoir, Velika. Pouvons-nous commencer ? demanda Birgen.

Velika regarda les visages qui la fixaient en attendant ses ordres. Elle hocha la tête et observa tout le monde entrer avant elle. Elle avait besoin de quelques secondes seule à l'extérieur pour se ressaisir. Elle s'était sentie à l'aise auprès de Birgen pour des raisons inconnues, mais la vue de tous ces hommes la troublait. Serrant ses mains tremblantes, elle garda la tête haute et suivit tout le monde à l'intérieur.

Comme prévu, le dîner s'était transformé en séance de planifica-
tion. N'était-ce pas l'intention ? Au début du repas, Velika gardait les
yeux fixés sur sa nourriture, hochant la tête en guise de réponse et
prononçant à peine un mot. Mais, au fur et à mesure que la conversation s'orientait vers l'envoi d'éclaireurs, la répartition des forces, et que
tout le monde se battait pour se faire entendre, Velika se sentait de plus
en plus dépassée.

— Assez ! tonna la voix de Birgen, réduisant la salle au silence.
Nous donnons aux Britanniques exactement ce qu'ils veulent si nous
continuons à nous disputer entre nous. Toutes les idées seront entendues et considérées, mais nous devons réfléchir clairement.

Velika se rendit vite compte qu'elle ne pouvait pas détacher son
attention de Birgen ; il commandait la salle avec aisance. Ses hommes
lui répondaient d'une manière qu'elle n'avait pas anticipée. Il était un
leader naturel et un excellent stratège. Son esprit était impressionnant ;
il examinait chaque idée sous tous les angles, analysant où les Britanniques pourraient en tirer avantage et comment un plan pourrait
échouer. Il savait combiner les meilleurs éléments de chaque plan pour
créer quelque chose de spectaculaire. Les Britanniques n'avaient
aucune chance. Rapidement, Velika réalisa qu'elle n'admirait pas seulement Birgen d'une façon dont elle n'avait jamais admiré aucun homme
auparavant, mais qu'elle le respectait aussi. Un sentiment qui l'aurait
normalement déstabilisée lui donnait maintenant le pouvoir d'exprimer son opinion.

— Bien que ton plan soit admirable, Birgen, je pense qu'il serait
préférable d'envoyer des éclaireurs le long de la côte, vers la Pointe et à
l'ouest. Nous ne pouvons pas nous permettre de supposer que les
Britanniques attaqueront à nouveau par le sud. Ils savent que nous
avons vu leurs compétences à deux reprises et ne veulent pas risquer
d'être prévisibles. Si nous couvrons le village sous tous les angles, nous
éliminons l'élément de surprise. Une fois que nous les aurons repérés,
nous pourrons préparer une embuscade. Pourquoi attendre qu'ils
attaquent ce que nous avons travaillé si dur à reconstruire ? Portons la
bataille chez eux, déclara Velika, étonnée de voir combien de visages
acquiesçaient et l'acclamaient pour son plan. Birgen l'observait avec
admiration pendant qu'elle parlait.

— Je suis d'accord. Nous ne voulons pas rester à attendre, reconnut-il. Nous entourons le village pour le protéger et nous divisons les forces. Lorsque nous pourrons mettre en place une embuscade, et qu'il sera clair qu'ils n'attaquent pas depuis la mer, nous signalerons au reste des forces de nous rejoindre. Montrons aux Britanniques à quel point ils ont sous-estimé la puissance des Danois et des Nordiques. Ensemble nous résistons, et ensemble nous gagnerons cette guerre, s'exclama Birgen, et le reste de la hutte l'acclama.

À la fin du repas, Velika se sentait comme une femme nouvelle. Elle était emplie de fierté envers son peuple, de confiance en elle et d'une nouvelle confiance envers les hommes à ses côtés. Elle ne doutait plus d'elle-même ; Birgen avait raison. Si Triska ne lui faisait pas confiance, elle ne l'aurait pas laissée en charge. Il était temps qu'elle se fasse confiance également.

— Je pense que c'est assez pour une soirée. Nous attendrons l'arrivée du reste de vos gens, nous les informerons du plan, puis nous nous mettrons au travail. Coupons la tête de la bête avant qu'elle ne morde, s'exclama Olga en levant sa coupe pour porter un toast.

Progressivement, tout le monde se dit bonne nuit et partit. Mais Velika remarqua que Birgen restait en arrière. Velika ne savait pas quoi dire ou faire, mais se réjouit qu'ils soient enfin seuls. C'est ainsi qu'elle avait imaginé la soirée.

— Tu as été merveilleuse ce soir. Tu es bien plus forte et plus sage que tu ne le penses. Tu devrais porter cela comme une médaille d'honneur. Que le monde sache que Velika est une force avec laquelle il faut compter, sourit Birgen.

Velika n'eut pas le temps de traiter ses paroles. Elle n'eut pas une seconde pour répondre. Birgen saisit sa main et l'attira près de lui, caressant ses jointures de son pouce tandis que ses mains tremblaient. Birgen caressa sa joue, prit son cou en coupe et embrassa son front délicatement. Velika se retrouvait à trembler pour une toute autre raison que la simple nervosité. Son geste était doux et attentionné et montrait qu'il n'était pas un homme à craindre ou à détester. Au contraire, c'était un homme en qui elle pouvait avoir confiance.

Quand il baissa les yeux vers elle, elle se rendit compte qu'elle ne voulait pas s'éloigner. Elle était perdue dans son regard. Birgen s'attarda, ses yeux parcourant son visage, se demandant, évaluant où elle en était mentalement. Finalement, il abaissa ses lèvres sur sa joue avant d'embrasser doucement ses lèvres. Sa barbe lui grattait le menton, mais ses lèvres étaient plus douces qu'elle ne l'avait imaginé. Avant de savoir ce qui se passait, elle se retrouvait à l'embrasser en retour. Un baiser doux d'intimité, de deux esprits semblables qui se connectent, qui guérissent.

— Je te souhaite une bonne nuit, murmura Birgen, déposant un dernier baiser près de son oreille avant de la laisser seule.

Velika resta figée à l'endroit où Birgen s'était tenu. Son baiser avait été comme rien de ce qu'elle avait jamais ressenti. Il n'était pas forcé. Il était doux, mais la puissance qu'il contenait rayonnait encore dans tout son corps. Sa poitrine se soulevait tandis que sa respiration devenait courte et rapide. Partout en elle, elle était excitée pour la première fois depuis si longtemps. Elle ne se souvenait plus depuis quand. Elle porta ses doigts à ses lèvres. Retraçant la ligne de ses baisers, Velika restait confuse. Que devait-elle faire maintenant ?

CHAPITRE 7

BIRGEN SE TOURNAIT et se retournait, découvrant que le sommeil ne viendrait pas facilement. Il ne savait pas pourquoi il l'avait embrassée. Cela lui avait semblé naturel sur le moment, et il ne le regrettait pas. Ce qui l'étonnait, c'était qu'elle lui avait rendu son baiser. Il ne pouvait s'empêcher de penser à elle. Birgen s'était fixé comme objectif de prouver qu'il était un homme digne de confiance. Elle avait semblé méfiante au début du dîner. Mais elle était sortie de sa coquille au fur et à mesure de la rencontre. Elle rayonnait, et la façon dont elle commandait ses hommes était admirable. Repensant à la journée, il se rappela comment elle n'avait pas pu détacher son regard de lui lorsqu'il coupait du bois ; comment ses yeux s'attardaient sur son torse, et comment elle avait rougi quand il l'avait surprise en train de le regarder. Avait-elle nourri des sentiments depuis le début ?

Birgen pouvait encore sentir le doux parfum des cheveux de Velika, et la caresse de ses lèvres chatouillait encore les siennes. S'il n'était pas parti si brusquement, qu'aurait-il pu se passer d'autre ? Osait-il en rêver ? Osait-il laisser son esprit imaginer à quoi ressemblait son corps sous son armure ? Quelle sensation éprouverait-il en posant ses mains sur sa peau ?

En fermant les yeux, son esprit s'ouvrit aux possibilités. Elle se tenait devant lui, ôtant lentement ses vêtements pièce par pièce. La main de Birgen glissa sous sa couverture. Saisissant son sexe, il commença à se caresser tout en imaginant le corps nu de Velika devant lui.

Birgen imaginait ce que serait de tenir ses seins généreux dans ses mains, d'entendre ses gémissements tandis qu'il passerait sa langue sur ses tétons. Il se caressait plus vite, imaginant que c'était sa main à elle qui parcourait sa longueur. Birgen se lécha les lèvres, se demandant quel goût il découvrirait en posant sa bouche entre ses cuisses. Il gémit en imaginant se glisser en elle. Il se demandait à quel point elle serait étroite, quelle sensation il éprouverait d'être couvert de sa moiteur.

Son plaisir grandissait, le rendant plus dur alors qu'il imaginait ses belles lèvres autour de son sexe. Il brûlait d'envie de se sentir au fond de sa gorge, de la sentir gémir autour de lui tandis qu'elle s'étoufferait sur sa longueur. Ses caresses s'accélérèrent encore tandis qu'il imaginait ses fesses rebondies claquant contre lui alors qu'il la prenait par derrière. Finalement, son plaisir atteignit le point de non-retour quand des pas devant sa porte le firent se précipiter pour cacher où ses pensées venaient de l'emmener.

La douleur le lancinait tandis que son plaisir s'évanouissait. Qui que ce soit, cette personne avait intérêt à apporter des nouvelles importantes pour ressentir le besoin de l'interrompre durant un acte si intime. Sans frapper, Olga fit irruption. Elle l'avait surpris faisant bien pire dans le passé, mais il n'y avait pas moyen de se cacher d'elle. Elle pouvait le lire comme un livre ouvert.

— Est-ce que j'interromps quelque chose ? Veux-tu que j'attende dehors pendant que tu termines ? Ou devrais-je aller voir si l'une de tes admiratrices peut t'aider ? le taquina Olga.

— Surveille ta langue, Olga. Que veux-tu ? demanda Birgen en passant ses mains sur son visage.

Olga semblait mal à l'aise. Quelque chose troublait son esprit. Elle fit les cent pas avant de s'asseoir au pied de son lit, au grand agacement de Birgen.

— Je vois comment tu la regardes, et je vois comment elle te regarde, commença Olga.

— Jalouse ? plaisanta Birgen, mais le visage d'Olga resta sévère.

— Sois prudent avec elle, Birgen. Elle a été blessée, avertit Olga.

Elle reconnaissait le regard d'une femme qui avait subi une atrocité indicible.

— Pour quel genre de monstre me prends-tu, Olga ? commença Birgen. Mais Olga avait un argument à faire valoir, le coupant court.

— Je ne doute pas de toi, Birgen. Mais j'ai vu ce regard dans ses yeux, comment elle se méfie de ses propres hommes et comment elle se cache. C'est une expression que j'ai vue chez quelqu'un qui m'est cher. C'est le regard indéniable d'une femme qui dissimule sa peur — Une femme qui a subi les assauts forcés d'un homme, termina Olga, la douleur dans ses yeux montrant clairement que l'histoire n'était pas la sienne mais qu'elle lui faisait tout autant de mal.

Birgen passa une main sur son visage et soupira profondément.

— Je le pensais aussi. Je ne voulais simplement pas croire que quelqu'un puisse lui faire ça. Elle le cache si bien, acquiesça Birgen.

— Elle a dû le faire, dit Olga. Quelles sont tes intentions envers elle ?

Birgen secoua la tête. Il se sentait coupable de la désirer comme il le faisait maintenant que ses pires craintes étaient confirmées. Son cœur souffrait, et sa colère s'enflammait à l'idée des larmes souillant son visage, causées par un homme monstrueux.

— Je n'en suis pas sûr ; je ne sais pas ce que je ressens en ce moment. Merci de m'avoir fait part de cela, Olga. Va te reposer ; je crains que le sommeil ne vienne pas facilement ce soir. Je vais marcher dans le camp pour apaiser mon esprit, dit Birgen, attendant qu'Olga parte avant de s'habiller.

— Je vais marcher avec toi. Je te connais, Birgen. Tu vas laisser ton esprit prendre le dessus. Je te retrouve dehors.

Birgen se sentait toujours mieux en étant plus près de la mer. Il y avait quelque chose de libérateur dans les vagues qui léchaient le rivage et les embruns salés contre sa peau. Pourtant, alors qu'il se tenait debout, regardant au-delà du rivage, avec Olga à ses côtés, il trouva que cette fois était différente. Les vagues n'apaisaient pas son esprit ; elles le torturaient. La nuit était trop calme, et pourtant les vagues semblaient en colère. Il l'avait déjà vu auparavant ; les vagues prédisaient ce qui allait arriver. Le mal approchait.

— Qu'est-ce qui tourmente ton esprit, mon ami ? demanda Olga, voyant la tension sur son front.

— Les vagues, elles sont trop en colère pour une nuit si calme. Ce n'est pas bon signe. Le mal se dirige vers ces rivages, répondit Birgen.

— Tu deviens superstitieux avec l'âge, le taquina Olga.

CHAPITRE 8

BIRGEN RASSURA Olga qu'il irait bien et continua sa promenade seul. Laissant son esprit se vider, Birgen permit à ses jambes de le porter là où elles le souhaitaient. Il ne tarda pas à se retrouver devant la hutte de Velika, de l'autre côté du camp. Il regarda sa porte, incertain de la raison de sa présence ou de ce qu'il devait faire. Birgen s'apprêtait à partir lorsque Velika sortit.

— Pourquoi es-tu ici ? demanda Velika, resserrant sa couverture autour d'elle pour se protéger du froid.

Birgen remarqua qu'elle ne semblait pas avoir dormi non plus. Elle portait encore ses vêtements de la réunion de bataille, mais sans son armure. Il savait qu'il avait été presque silencieux, il ne pouvait donc pas l'avoir réveillée.

— Je, euh... le sommeil ne venait pas. Alors, j'ai fait une promenade, balbutia maladroitement Birgen.

— Et tu t'es retrouvé à ma porte ? sourit Velika.

— Le sommeil ne t'est pas venu facilement non plus, à ce que je vois.

— Je ne suis pas fatiguée, répondit Velika.

La conversation s'essouffla, mais aucun des deux ne parvenait à s'éloigner. Birgen voulait savoir ce qui se passait dans l'esprit de Velika. Pensait-elle à lui comme il pensait à elle ? Avait-elle été tenue éveillée en se posant des questions sur lui ? Et avait-elle réussi à arrêter de penser à leur baiser ?

— C'est une belle soirée, n'est-ce pas ? demanda Velika, brisant enfin le silence.

— En effet. Bien que les vagues soient agitées, divagua Birgen.

— Tu es allé jusqu'au rivage ?

— L'eau m'apaise, répondit Birgen.

— Ton esprit a besoin d'être apaisé ? Qu'est-ce qui le trouble ? Laisse-moi t'aider, dit Velika en s'approchant.

Une légère brise traversa l'air, balayant des mèches de cheveux éparses sur le visage de Velika. Birgen les écarta instinctivement, caressant sa joue au passage. Son parfum de lavande et de rose emplit ses narines. Avec elle si proche, il se sentit durcir sous ses vêtements tandis que son esprit s'emplissait d'images de désir.

Reculant d'un pas, il baissa les yeux. Les paroles d'Olga tournaient dans son esprit. Birgen désirait Velika plus qu'il n'avait jamais désiré aucune femme, mais il devait prendre son temps. Il ne voulait ni l'effrayer ni la blesser ; il tenait à elle.

— Je vais te laisser te reposer. L'aube poindra bientôt, et nous avons une longue journée devant nous, s'inclina Birgen en tournant les talons.

Des ondes de choc remontèrent le long de sa colonne vertébrale lorsque Velika tendit la main pour saisir son poignet.

— Attends, ne pars pas. Pas encore, sa voix était aussi douce qu'un murmure, mais la puissance qu'elle contenait suffisait à mettre un homme comme Birgen à genoux.

Le cœur de Birgen se mit à battre la chamade. Velika n'avait pas besoin de dire quoi que ce soit. Ses yeux parlaient pour elle. Lentement, elle fit un pas à l'intérieur, entraînant Birgen avec elle. Birgen suivit, lui permettant de prendre les devants. Velika s'approcha, fermant la porte derrière eux, ses lèvres s'attardant près de son cou. Elle était suffisamment proche pour être touchée, mais Birgen avait l'impression qu'elle se trouvait à des kilomètres. Il luttait contre chaque fibre de son être pour ne pas la dévorer sur place.

— Velika...

— Chut, le fit taire Velika.

Velika leva la main, entremêlant ses doigts dans ses cheveux, l'attirant plus près. Elle déposa un doux baiser sur ses lèvres. Leur baiser était tendre et doux mais portait la puissance d'une passion intense. Birgen remonta lentement ses mains le long de ses côtés, la fit pivoter et la plaqua contre la porte.

— Tu es sûre ? demanda Birgen alors que ses mains tremblaient contre sa joue.

Velika ne dit rien ; elle prit sa main et la glissa sous sa jupe. Elle fit remonter sa main le long de sa cuisse. Birgen garda ses yeux fixés sur elle tandis qu'elle pressait sa main contre son intimité, lui donnant la permission pour le plaisir qu'ils désiraient tous deux.

Ses doigts la caressèrent, encerclant le bouton de plaisir. Birgen la regarda rejeter sa tête en arrière, fermer les yeux et haleter sous son toucher. Birgen posa son front contre le sien, sentant son souffle contre ses lèvres tandis qu'elle gémissait. Ses doigts l'écartèrent. Finalement, il laissa ses doigts la pénétrer, sentant à quel point elle s'agrippait étroitement à lui. Ses doigts ruisselaient de son nectar.

Velika tremblait sous son toucher tandis que le plaisir se répandait de ses cuisses à son ventre, montant comme une vague de marée. La sensation avait l'intensité et la puissance du feu mais la douceur de la brise nocturne. Ses ongles s'enfoncèrent dans son dos, faisant Birgen se tendre davantage ; il aspirait à la sentir autour de son sexe. À la sentir jouir avec lui à l'intérieur d'elle. Finalement, la pression devint trop forte, et Velika cria son nom alors qu'elle explosait autour de lui.

Ses yeux devinrent brumeux tandis qu'elle lui souriait. Birgen porta sa main à ses lèvres, léchant son nectar sur ses doigts. Les yeux de Velika s'emplirent de luxure et de faim. Elle avait un goût aussi doux que le miel, et il en voulait plus. Birgen la prit dans ses bras et la porta à travers la hutte jusqu'à sa couchette. La déposant doucement, il l'allongea.

Birgen pouvait voir qu'elle était encore un peu réservée et ne voulait pas la pousser plus loin qu'elle n'était prête à aller. Mais il voulait qu'elle sache à quel point son plaisir et son bonheur comptaient pour lui. Alors, écartant ses jambes, il s'appuya contre elle, l'embrassant passionnément. Leurs langues dansèrent avant qu'il ne se fraye un chemin entre ses jambes.

Velika haleta lorsque Birgen suça son bouton entre ses lèvres. Elle cambra le dos tandis que des vagues d'extase pulsaient en elle. Puis, l'écartant davantage, Birgen laissa sa langue faire tout ce qu'il désirait. Il la pénétra, la caressa et lapa son nectar tandis qu'elle sombrait une nouvelle fois dans l'extase. Mais Birgen n'en avait pas fini.

Velika gémit plus fort, se tordant sous son toucher. Ses mains tiraient ses cheveux tandis que ses doigts la pénétraient, que sa langue jouait avec elle. Velika haletait tandis que le plaisir la traversait, s'accumulant et s'intensifiant en elle. Birgen attendit jusqu'à ce qu'il sache qu'elle était sur le point de jouir avant de la sucer entre ses dents, la propulsant dans l'orgasme pour la troisième fois.

CHAPITRE 9

Velika et Birgen étaient allongés dans les bras l'un de l'autre, s'embrassant comme pour un premier baiser d'amour. Ils savouraient simplement leur présence mutuelle quand un cri venant de l'extérieur les fit sursauter.

— Une attaque ? demanda Velika.

Birgen écouta les cris qui s'intensifiaient.

— Non, autre chose, répondit-il.

Ils se rhabillèrent rapidement, échangeant un dernier sourire rempli d'amour avant de se précipiter dehors dans la lumière d'une nouvelle aube. Des foules couraient à travers le camp vers le rivage. Cela ne pouvait signifier qu'une chose. Un navire nordique était arrivé.

— Je suppose que les renforts sont enfin là, dit Birgen alors qu'ils suivaient la foule.

Velika était reconnaissante pour cette distraction. Elle n'avait aucune idée de ce qui lui avait pris quand elle avait conduit Birgen dans sa hutte. Elle ne le regrettait pas, pas le moins du monde. Mais c'était encore beaucoup, si vite. Elle admirait la façon dont il avait été doux avec elle, la laissant commencer les choses, mais ensuite il avait pris le contrôle, déterminé à lui offrir un plaisir comme elle n'en avait jamais connu auparavant. Elle s'inquiétait que si les Nordiques n'étaient pas arrivés à ce moment-là, elle n'aurait peut-être pas été capable de se contrôler avec Birgen, ce pour quoi elle n'était toujours pas sûre d'être prête.

Se frayant un chemin à travers la foule, Birgen et Velika se tenaient prêts à accueillir les nouveaux arrivants. Ils avaient besoin de ces forces supplémentaires. Le navire nordique était plus grand que tous ceux dont disposaient les Vikings, assez grand pour au moins vingt à trente hommes. Ils étaient venus avec des effectifs, des provisions et un nouvel espoir de gagner la guerre.

Velika sentit la main de Birgen s'entrelacer avec la sienne alors qu'elle souriait à son peuple. Du moins, jusqu'à ce qu'elle le voie, une vision qui la glaça. Son pouls s'accéléra, sa vision devint floue, faisant monter la bile dans sa gorge. Ulster. Le monstre de son passé. Le monstre dont elle avait essayé si fort d'échapper à l'ombre.

— Velika ? demanda Birgen, sa voix teintée d'inquiétude.

— Ce n'est... rien, mentit Velika en libérant sa main.

Elle regarda Birgen suivre son regard jusqu'à ce que ses yeux se fixent sur l'homme aux cheveux noirs qui était accueilli avec des éloges à son arrivée. Il était grand et musclé, mais pas aussi puissant que Birgen ou ses hommes. Une profonde cicatrice barrait sa joue, et l'un de ses yeux sombres était blanc. Aveuglé au combat, supposa Birgen. Bien que l'homme souriait à son peuple, Birgen pouvait dire que cet homme était le mal dont la mer l'avait averti. Velika ne lui avait peut-être rien dit, mais sa réaction était toute la confirmation dont Birgen avait besoin. C'était l'homme qui avait fait du mal à Velika.

Sans réfléchir, Birgen tira sa hache de sa ceinture et se lança sur l'homme. Il balança sa hache, mais l'homme esquiva. Birgen le frappa en plein ventre avant de lui asséner un coup de poing sous le menton, le jetant à terre. Des hommes essayèrent de retenir Birgen, mais sa rage ne fit qu'alimenter son ardeur. Les repoussant, Birgen fut sur Ulster en un instant avec sa hache contre sa gorge.

Birgen se moquait que cela puisse être perçu comme un acte d'agression - une menace pour l'alliance. Danois contre Nordiques sur les côtes nordiques. Tout ce pour quoi ils avaient travaillé et dont ils avaient besoin pour gagner la guerre reposait sur le fil de la lame de sa hache. Mais tout ce que Birgen voyait, c'était le monstre qui avait fait du mal à la femme qu'il commençait à aimer. Voilà pour quoi Birgen brûlerait le monde entier.

— Birgen, arrête ! Laisse-le se relever ! rugit Velika.

— Tu le défends ? Après ce qu'il t'a fait ? cria Birgen.

— Ce n'est pas ton combat. C'est le mien, aboya Velika, saisissant l'épaule de Birgen et le tirant en arrière.

Birgen ne détacha jamais son regard du visage d'Ulster.

Tu ne peux pas quitter un serpent des yeux, de peur qu'il ne s'échappe, pensa Birgen. Ces mots de sa mère étaient gravés en lui depuis aussi loin qu'il se souvienne.

Ulster se releva en riant. Il épousseta le sable et la saleté de ses vêtements. Ses yeux se portèrent sur Velika, s'attardant avec un rictus tandis qu'il la détaillait de la tête aux pieds. Sa langue vicieuse humidifia ses lèvres avant qu'il ne reporte son attention sur Birgen. Enfin, Ulster sembla avoir assemblé les pièces du puzzle.

— Elle a du caractère, n'est-ce pas ? ricana Ulster, s'approchant de Velika.

— Je me demande quels nouveaux tours tu as appris de ton Danois. J'ai hâte de le découvrir, siffla Ulster, riant de ses derniers mots.

Birgen n'eut pas une seconde pour réagir avant que Velika ne pousse un cri. Velika frappa Ulster en pleine poitrine, le forçant à reculer. Puis, scrutant la foule qui regardait avec choc et surprise, elle s'empara de l'épée large d'Olga à sa hanche et la pointa contre la gorge d'Ulster.

— J'ai fui mon foyer pour t'échapper. Je ne fuis plus. Je ne suis plus la fille que j'étais autrefois, et je te défie, *Ulster*, au Holmgang ! rugit Velika.

CHAPITRE 10

HOLMGANG ÉTAIT un mot qui portait un défi simple mais évoquait des torts indicibles. Le holmgang n'était pas un simple duel. C'était un combat qui se terminait généralement par la mort. La foule autour d'elle haleta. Que Velika défie l'un des siens, en particulier quelqu'un qui venait d'arriver avec l'intention d'aider, en disait long. La foule forma un cercle autour d'Ulster et Velika, hurlant et scandant leur soutien.

Ulster sourit, pensant avoir ce combat dans la poche, s'imaginant que Velika était faible et effrayée. Mais il se trompait. Ulster sortit deux petites haches de sa ceinture, les faisant tournoyer dans sa main, attendant que Velika attaque. Il n'attendit pas longtemps avant que Velika ne lance son cri de guerre et ne charge vers lui.

Des années de colère, de souffrance, de douleur et de souvenirs hantés alimentaient le feu qui faisait rage en elle. Elle aspirait à la vengeance et ressentait le besoin de protéger les femmes de sa colonie. Ulster n'était pas de taille face à elle ; elle avait beaucoup trop en jeu. Il représentait une menace dont il fallait s'occuper. Tout se terminerait sur ces rivages.

Birgen sourit devant l'expression surprise d'Ulster lorsqu'il ne réussit à placer aucune attaque. Le cœur de Birgen se remplit de fierté quand Velika le désarma rapidement et qu'Ulster prit la fuite, effrayé. Ses attaques étaient alimentées par la colère mais maîtrisées par l'habileté. Ulster tenta de s'emparer de l'épée d'un autre, mais Velika abattit la sienne, lui entaillant le bras, le sang imbibant le sable. Velika faucha les jambes d'Ulster. Saisissant l'une de ses lames tombées, elle l'enfonça dans sa main alors qu'il tentait de se défendre, tandis que son épée rencontrait sa gorge.

Velika se pencha près de son oreille, voyant la terreur dans ses yeux, sachant qu'il avait été vaincu.

—Un tour que j'ai appris du Danois, grogna Velika.

—Velika, arrête ! cria Birgen en se frayant un chemin sur le champ de bataille.

—Pourquoi ? Il mérite de mourir pour ses crimes, ricana Velika en enfonçant la lame plus profondément dans la gorge d'Ulster, des larmes menaçant de quitter ses yeux.

—Mourir lors d'un holmgang est trop honorable pour lui. Ne souille pas tes mains de son sang, tenta de raisonner Birgen.

Velika enfonça la lame plus profondément, faisant gémir Ulster sous la pression, et le sang commença à couler sur le sable.

—Je n'ai pas l'intention de tacher mes mains ; j'ai l'intention d'imbiber la terre, hurla Velika.

—S'il meurt pendant le holmgang, il dînera avec ses ancêtres dans les halls du Valhalla avant la prochaine attaque britannique. Ne lui accorde pas un tel honneur, raisonna Birgen.

—Tu as raison. Laissons Odin juger tes crimes pour qu'il puisse lui aussi te refuser l'entrée au Valhalla, grogna Velika.

Velika remit Ulster sur ses pieds, le jetant dans l'étreinte de Birgen qui l'attendait.

—Voici devant vous le monstre connu sous le nom d'Ulster, informa-t-elle à la foule grandissante. Un monstre qui s'en prend à ceux qu'il juge faibles. Torturant le corps et l'esprit des femmes pour son propre plaisir. Une créature vile qui ne torturera *plus jamais* mon esprit ! Je préférerais te voir tomber face aux Britanniques plutôt que de te regarder, déclara Velika à son peuple, crachant par terre aux pieds d'Ulster.

—Ulta ! cria la foule.

Étranger. Exilé. Son peuple était avec elle. Ulster n'était pas l'un des leurs. Soudain, un éclaireur galopa dans le camp, interrompant le procès improvisé d'Ulster.

—Les Britanniques sont là ! cria l'éclaireur.

—Préparez-vous au combat ! rugirent Velika et Birgen, ralliant les troupes.

Birgen poussa Ulster de côté, lui souriant tandis qu'Ulster prenait conscience de son sort. Les Danois ne se battraient pas avec lui. Les Nordiques ne le revendiqueraient plus comme l'un des leurs. Son destin était entre les mains des Britanniques. Son heure approchait.

La colonie comptait plus de guerriers que jamais. Les Nordiques et les Vikings combattaient côte à côte. Ils étaient une force avec laquelle il fallait compter. Les querelles du passé étaient oubliées, ils partageaient un objectif : vaincre l'ennemi commun. Velika rassembla ses vierges au bouclier. Birgen commandait ses forces. Ulster n'ayant plus l'estime de ses hommes, ils s'inclinèrent aux pieds de Velika, attendant ses ordres.

—Sont-ils proches ? demanda Velika à l'éclaireur.

—Ils approchent rapidement. Mais nous avons assez de temps pour les intercepter sur le champ de bataille avant qu'ils n'atteignent la colonie.

—Archers, aux remparts, enflammez vos flèches. Faites pleuvoir toute la puissance des dieux. Montrons à cette vermine ce que signifie faire la guerre à la force combinée des Nordiques et des Danois ! rugit Velika.

—S'ils veulent la guerre ! Nous leur donnerons la guerre ! hurla Birgen.

Des acclamations et des cris de guerre éclatèrent tandis que tous se préparaient pour la bataille qu'ils savaient imminente. Ensemble, ils chevauchèrent pour surprendre les Britanniques. Birgen ne s'inquiétait pas que Velika puisse s'occuper d'elle-même, mais resta près d'elle. C'était la première fois qu'il la voyait au combat, et il était fasciné. Elle se battait avec la puissance d'une Valkyrie.

Ses attaques étaient précises, et son épée ne laissait aucun homme debout. Elle se déplaçait avec l'élégance d'une déesse, tandis que son épée agissait comme une arme des dieux. Affronter Ulster l'avait libérée d'une manière qu'elle ne savait pas nécessaire. Birgen trancha ses assaillants tout en admirant Velika, tombant de plus en plus follement amoureux d'elle à chaque goutte de sang qu'elle versait.

Un appel à l'aide attira l'attention de Velika. Ulster était submergé, fuyant comme le lâche qu'elle savait qu'il était. Les Britanniques savaient que la bataille était perdue. Dans une tentative de reprendre l'avantage, ils firent un dernier geste. Ils voulaient Ulster, pensant qu'il aurait des informations pour les aider à gagner la guerre. Ils ignoraient qu'il venait juste d'arriver. Il ne pourrait rien leur donner, mais ils le tortureraient quand même. Velika saisit un arc des mains froides et mortes d'un archer britannique ; tendant la corde de l'arc, elle laissa voler sa flèche. La flèche qui s'enfonça dans la cuisse d'Ulster le mit à genoux, donnant aux Britanniques suffisamment de temps pour s'emparer de lui. Velika le regarda appeler à l'aide. Elle ne ressentait rien. Elle avait obtenu la vengeance dont elle avait besoin.

—C'était cruel, dit Birgen, se tenant à ses côtés.

—Victime de guerre. Laissons-le-leur, il ne sait rien d'important, et maintenant je sais que les femmes de notre alliance sont en sécurité.

L'alliance était sans égal face aux Britanniques. Ils surpassaient l'ennemi à cinq contre un. Ce fut une courte bataille avant que les Britanniques ne sonnent la retraite, mais une bataille baignée de gloire. L'histoire s'écrivit avec le sang britannique. D'anciens ennemis, maintenant amis. D'anciens rivaux, désormais famille. Et deux commandants partageaient un amour qu'ils n'avaient jamais espéré.

Les acclamations de victoire résonnaient à travers la contrée comme une berceuse. Des chants de cette victoire seraient entonnés pendant des générations. Velika et Birgen parcouraient le champ de bataille du regard. Ils avaient subi quelques pertes douloureuses, mais ils étaient toujours plus nombreux qu'avant. La terre était jonchée d'ennemis tombés. Ils avaient gagné.

—Je crois que cette alliance pourrait fonctionner après tout, sourit Velika en saisissant une poignée de la tunique de Birgen pour l'attirer vers elle.

—On dirait que tu as douté un moment, sourit Birgen.

—C'est possible, mais plus maintenant, répondit Velika en attirant Birgen dans un baiser d'une passion sans égale.

ÉPILOGUE

UN FESTIN FUT PRÉPARÉ pour célébrer leur victoire. La colonie était animée d'un nouvel espoir. Les gens dansaient autour du feu de camp, et les couples s'enlaçaient. Les boissons coulaient à flots cette nuit-là ; ils savaient qu'ils n'auraient plus à s'inquiéter. Birgen et Velika s'échappèrent vers la hutte de Velika. Enlacés dans les bras l'un de l'autre, ils continuèrent les célébrations en tête-à-tête.

— Nous avons peut-être gagné cette bataille, mais nous ne pouvons pas rester là à attendre une nouvelle attaque. Nous devons faire plus, porter la guerre aux Britanniques. Les éliminer avant qu'ils ne puissent renforcer leurs troupes, insista Velika.

Sa confiance nouvellement acquise dans son leadership lui permettait de penser clairement. L'esprit de Velika n'avait pas quitté le champ de bataille, même pendant que les célébrations battaient leur plein autour d'eux.

— Je suis d'accord, mais pas ce soir. Accordons-nous notre victoire, murmura Birgen en frottant son nez contre sa joue.

— Si nous savons ce qu'ils prévoient, nous pouvons être mieux préparés, insista Velika.

— J'adore cet aspect de toi. Ta détermination à protéger ton peuple. Tu es une femme à rivaliser avec les dieux, Velika, dit Birgen en embrassant doucement son cou. Tu veux prendre l'initiative dans la guerre. J'aime ta façon de penser. Ça me fait me demander dans quels autres domaines tu as cette même attitude.

Velika ne mit pas longtemps à comprendre ce que Birgen insinuait. Son propre esprit s'était dirigé vers quelque chose de similaire.

— Je pensais que mes opinions à ce sujet étaient claires, taquina Velika.

— Peut-être que mon esprit a besoin d'un petit rafraîchissement, fit Birgen avec un clin d'œil.

— Alors laisse-moi clarifier mes intentions, dit-elle en se rapprochant.

Velika les fit se lever tous les deux. Lentement, elle commença à retirer les vêtements de Birgen. Le libérant de sa tunique, elle passa ses mains sur sa poitrine, traçant des baisers sur tout son torse tandis que ses mains descendaient plus bas. Enlevant sa ceinture, elle le libéra, souriant en voyant qu'il était déjà prêt pour elle. Reculant d'un pas, elle fit glisser sa tunique de ses épaules. Les yeux rivés aux siens, elle fit descendre sa robe au-delà de ses hanches et en sortit, s'offrant nue devant lui.

Birgen s'approcha, laissant ses mains parcourir chaque centimètre de sa peau. Son toucher mettait sa peau en feu. Velika posa ses mains sur sa poitrine, le repoussant sur le lit de camp. Puis, s'agenouillant devant lui, elle remonta ses cuisses de baisers, lui faisant savoir ce qu'elle avait prévu.

Le prenant dans sa main, elle le caressa, le regardant grandir et savourant les sons de plaisir qui s'échappaient de ses lèvres. Puis, le prenant dans sa bouche, elle commença à le lécher lentement. Elle fit tourner sa langue autour de lui, le taquinant. Birgen s'allongea en gémissant et en sifflant tandis qu'elle le suçait et le caressait tour à tour. Plus les gémissements s'échappaient des lèvres de Birgen, plus Velika le suçait fort jusqu'à ce qu'elle l'ait entièrement dans sa bouche, touchant le fond de sa gorge.

C'était presque trop à supporter, mais Birgen ne voulait pas perdre sa semence tout de suite. Il avait des projets pour Velika mais adorait la façon dont elle prenait les devants. Son extase grandit lorsqu'elle prit sa main libre et caressa ses bourses, les massant tout en continuant à le caresser et à le sucer.

— Velika... par les dieux femme... Je vais..., gémit Birgen.

C'est alors qu'elle s'arrêta. Se tenant droite, elle traversa sa hutte jusqu'à la petite table, se penchant dessus et écartant largement les jambes. Rejetant ses cheveux sur le côté, elle le regarda par-dessus son épaule.

— Je te veux, Birgen, roucoula-t-elle.

Birgen bondit sur ses pieds, traversant la pièce à grandes enjambées pour la rejoindre. Caressant ses fesses, il la saisit fermement, l'écartant davantage avant de se pousser doucement à l'intérieur. Des mouvements lents et tantalisants les rendaient tous deux fous. Il voulait la sentir tout entière, et il voulait qu'elle le sente tout entier. Il prit son temps jusqu'à ce que ses gémissements deviennent forts et exigeants.

— Plus, Birgen, j'ai besoin de plus, gémit Velika.

Birgen l'attira à lui, cambrant son dos et remplissant ses mains de ses seins. Posant des baisers sur son cou, il s'enfouit en elle, la martelant par à-coups rapides jusqu'à ce qu'il sente qu'il ne pouvait plus continuer. Puis, se retirant doucement, il la retourna pour qu'elle lui fasse face, la soulevant et la portant vers le lit de camp.

— Je veux te regarder quand tu te défais autour de moi. Je veux voir ce beau visage dans les affres de la passion, gronda Birgen.

Velika enroula ses jambes autour de sa taille et passa ses bras autour de son cou.

— Alors prends-moi, Birgen. Montre-moi ce que c'est que de faire l'amour.

Birgen ne demandait pas mieux. Il voulait vénérer chaque centimètre d'elle. Il l'allongea et l'embrassa de la tête aux pieds, prenant son temps avec ses seins, se délectant de sa réaction. Lentement, il se poussa à nouveau en elle, la possédant. Velika gémit plus fort. Ses doigts griffaient son dos tandis que son plaisir grandissait au plus profond d'elle. Birgen lui fit l'amour jusqu'à ce qu'ils soient tous deux trempés, baignant dans la sueur de l'autre. Finalement, Velika se tordit alors que son plaisir la traversait, prenant possession de chaque partie d'elle.

— Birgen, c'était...

— Je n'ai pas fini, mon amour. Je veux vénérer chaque partie de toi.

Explorer chaque partie de toi, dit Birgen, l'embrassant avec la passion de mille soleils.

Ils firent l'amour jusqu'à ce que le soleil soit haut dans le ciel le jour suivant. Birgen la vénéra jusqu'à ce que ses jambes tremblent et que toute la colonie puisse l'entendre crier son nom.

FIN

STEN - PARDONNÉ PAR LA GUERRIÈRE

ROMANCE HISTORIQUE TORRIDE SUR LES VIKINGS

PROLOGUE

STEN ÉTAIT PLUS ÉTONNÉ que quiconque lorsqu'Ulster revint à la colonie. Personne ne voulait de lui là-bas. La colonie entière avait pratiquement poussé des cris de joie quand les Britanniques l'avaient capturé. Ulster marmonnait comme un fou à propos de son séjour dans le camp, mais refusait de parler de ce qui s'était passé, hormis le fait que lorsqu'ils avaient réalisé qu'il ne leur était d'aucune utilité, ils avaient prévu de le tuer. Mais Ulster était insaisissable. Et Sten n'était pas surpris qu'il ait réussi à s'échapper. Le plus grand choc était que son frère aîné se tenait maintenant là, meurtri et couvert de bleus, en train de se disputer avec lui pour qu'ils partent ensemble.

— Je suis ton *frère*, Sten. Ta famille ! Ton sang ! On a fait de moi un imbécile, un paria, puis on m'a laissé pour mort aux mains des Britanniques. Nous partons pour la Norvège ce soir ! aboya Ulster.

Sten en avait assez de recevoir des ordres de son frère. Il n'était plus un enfant ; il était un homme et n'avait pas besoin qu'on lui dise quoi faire.

— Tu ne peux pas me dire ce que je dois faire, Ulster. Je ne rentrerai pas avec toi, répliqua Sten.

Ulster s'arrêta pour faire face à son frère avec ce même regard mauvais dont Sten se souvenait depuis l'enfance. Les yeux d'Ulster avaient toujours été sombres. Mais depuis qu'il avait été aveuglé de l'œil droit, le laissant comme l'ombre d'un fantôme, son regard était devenu glacial. Sten ne se laisserait plus intimider. Il avait passé sa vie à se plier aux ordres de son frère. Maintenant, il voulait autre chose. L'indépendance. Une vie bien à lui.

Ulster dominait Sten de toute sa hauteur, découvrant ses dents en un grognement comme un animal enragé assoiffé de sang. Mais Sten tenait bon. Il ne se laisserait plus intimider. Quand il était plus jeune, Sten n'avait pas d'autre choix que d'obéir aux ordres de son frère par peur. En grandissant, faire ce qu'Ulster voulait était simplement devenu la norme. Sten avait toujours su qu'Ulster était un homme cruel et grossier, et il n'avait jamais voulu lui ressembler. Sten en avait assez de vivre dans l'ombre de son frère. C'était un endroit sombre, solitaire et froid. Et Sten souhaitait se prélasser au soleil.

— Qu'est-ce que tu m'as dit ? Je suis ton frère aîné. Tu feras ce que je te dis ! aboya Ulster, de la salive atterrissant sur la joue de Sten.

— Je ne le ferai pas ! Je ne suis plus un enfant, Ulster. Je ne me plierai plus à ta volonté. Retourne en Norvège sans moi. Personne ne veut de toi ici, cria Sten en retour.

Les deux frères se tenaient nez à nez, aucun ne cédant. Ulster avait l'avantage de la taille sur Sten, mais Sten était plus robuste et plus habile avec une épée, un arc ou n'importe quelle autre arme qu'il prenait en main. Ulster ne l'admettrait jamais, mais si Sten décidait de riposter, Ulster n'aurait aucune chance.

— Qu'est-ce que tu as dit ? gronda Ulster.

— Tu n'es pas le bienvenu. Rentre chez toi si tu le souhaites tant ; moi, je reste ici, répondit Sten.

— Personne, hein ? Est-ce que cela t'inclut, *mon frère* ? Tu trahirais ta famille en choisissant ces gens plutôt que moi ?

Ulster faisait tout pour intimider Sten, mais il était évident pour ce dernier qu'Ulster savait qu'il avait perdu.

— Appelle ça comme tu veux, Ulster. J'en ai fini. J'ai choisi de rester ici, avec ou sans toi, dit Sten, se retournant pour laisser son frère préparer son bateau pour une personne.

— Tu n'as pas de vie ici. Tu te crois peut-être un homme honorable, mais tu es *mon* frère. Et nous savons tous les deux que notre peuple ne pardonne pas facilement. Penses-tu qu'ils t'accepteront ? Ha ! Ils ne penseront pas plus de bien de toi que de moi. Tu crois pouvoir recommencer ici ? Aucune femme ne voudra jamais de toi. Tu n'es pas la moitié de l'homme que je suis, ricana méchamment Ulster en empoignant son entrejambe, se secouant vigoureusement, et riant de Sten.

— Adieu, mon frère. Que je n'aie plus jamais à poser les yeux sur toi, grogna Sten, se détournant avec dégoût.

Même si les paroles d'Ulster contenaient une once de vérité, une vie solitaire valait mieux qu'une vie tourmentée dans son ombre. Sten n'aurait plus à faire ce qu'on lui disait comme un enfant capricieux. Il était libre.

CHAPITRE 1

L E PROBLÈME avec les nouveaux départs, c'est que tout le monde n'est pas prêt à offrir une seconde chance. Il semblait que les gens n'étaient pas enclins à pardonner rapidement à Ulster. Olga avait remarqué le beau Nordique arrivé avec le monstre Ulster et n'avait pas pu détacher son regard de lui depuis. Sten était une énigme. Mais tout le monde le traitait comme si les crimes d'Ulster contre Velika étaient aussi les siens. Pourtant, il restait imperturbable et désireux d'aider.

Il était plus petit que son frère mais visiblement plus fort. Ses cheveux n'étaient pas une masse indomptée sur sa tête comme ceux de son frère ; ils étaient coupés courts sur les côtés et longs sur le dessus. Il avait tressé ses cheveux dans son dos d'une façon qu'Olga admirait. Contrairement à Ulster, cet homme ne cachait pas son visage derrière sa barbe. Il était rasé de près, mettant en valeur une mâchoire impressionnante. Ses yeux étaient doux et chaleureux, d'un brun profond dans lequel Olga pourrait se perdre.

Mais ce n'était pas son apparence qui avait attiré son attention. Pourquoi n'était-il pas parti avec son frère ? Pourquoi rester et être à la merci du jugement de tous pour des crimes qui n'étaient pas les siens ? La famille était importante pour Olga, étant fille unique. Elle ne pouvait pas comprendre comment quelqu'un pouvait abandonner son sang si rapidement, même si Ulster était méprisable.

Olga observa pendant des jours après le départ d'Ulster, restant dans l'ombre, veillant à ne pas laisser Sten la surprendre en train de l'observer. Olga nota comment il était poli et se présentait avec respect et honneur. Elle vit comment on lui crachait dessus et l'ignorait en retour. Il ne fallut pas longtemps pour découvrir son nom. Sten était bien plus gentil qu'Ulster, pensait Olga. Sten ne laissait pas les mauvaises paroles, les regards en coin ou les bousculades l'abattre. Au contraire, cela le motivait à essayer encore plus fort.

Olga était une bonne espionne et fut surprise de découvrir que Sten était sincère, intelligent et compétent dans plusieurs domaines. Il réagissait à tous les mauvais souhaits comme s'il y était habitué, s'y attendant comme s'il les méritait. Cette pensée inquiétait Olga, mais elle était assez intelligente pour ne pas juger les autres sur leurs actions ; elle préférait se rapprocher et combiner leurs efforts avec leur caractère.

Olga se tenait là, occupée à panser les chevaux, une bonne couverture pour observer. Elle regardait Sten s'affairer avec le bétail, ne s'attardant pas pour recevoir des remerciements. Quand Olga retourna à sa hutte, elle fut surprise de trouver toutes ses tâches accomplies. Sten s'était rendu utile sans que personne ne s'en aperçoive. Cela intriguait Olga. Quel était son plan ? Que manigançait-il ? Elle n'arrivait pas à comprendre ce qu'il gagnait à faire tout cela si personne ne savait que c'était lui qui avait accompli ces tâches.

Lars et Triska étaient revenus, passant la journée enfermés dans la hutte du conseil avec Gunnar, Velika, Birgen et quelques autres membres de l'équipe. Olga avait trouvé des excuses pour ne pas y participer afin de pouvoir observer Sten davantage.

— Olga, Triska et Lars te convoquent, dit Birgen, faisant sursauter Olga.

Elle avait été si concentrée qu'elle ne l'avait pas entendu approcher et espérait qu'il n'avait pas remarqué son sursaut. Quel genre d'espionne ne remarque pas quelqu'un qui s'approche par derrière ?

— J'y serai dans un instant, dit-elle, regardant Birgen convoquer quelques autres personnes, y compris le Nordique Sten.

Quand Olga arriva à la hutte du conseil, il semblait qu'un plan avait déjà été élaboré. Triska et Velika discutaient intensément des plans de bataille sur la table. En regardant autour de la pièce, Olga remarqua la sélection de personnes convoquées. Des Nordiques et des Danois, des femmes guerrières, des éclaireurs, des fermiers et des guerriers. Quelqu'un de chaque communauté qui appelait la colonie leur foyer. Avec une telle sélection de compétences variées, Olga se demandait ce qu'ils avaient prévu.

— Merci à tous de vous être rassemblés si rapidement, dit Triska, faisant taire les murmures dans la pièce.

— Nous avons discuté de la récente attaque et de notre victoire, dit Velika, faisant acclamer la salle.

Tout le monde ressentait encore la montée d'adrénaline qui accompagnait la victoire et la gloire.

— Nous étions préparés cette fois, mais nous ne savons toujours pas ce que les Britanniques préparent. Alors nous devons être prêts plutôt que de rester assis à nous engraisser en les attendant. Nous devons porter la guerre chez eux, continua Velika.

Les têtes autour de la pièce hochèrent à l'unisson ; tout le monde pendait à ses lèvres.

— Je ne pourrais pas être plus d'accord. Il a été décidé que nous avons besoin d'espions pour infiltrer le camp britannique. Nous vous avons donc réunis aujourd'hui à la recherche de volontaires..., dit Triska.

Olga n'entendit pas le reste du discours de Triska. Néanmoins, elle avait entendu ce dont elle avait besoin. Sans laisser Triska finir, Olga bondit sur ses pieds, vaguement consciente par le raclement d'une chaise qu'on repoussait qu'elle n'était pas la seule à être si empressée de se porter volontaire.

— Je me porte volontaire ! cria Olga.

La curiosité la piqua, faisant dresser les poils sur sa nuque. Puis, se retournant, ses yeux s'écarquillèrent. Debout à l'arrière de la hutte se trouvait l'autre volontaire. Sten.

CHAPITRE 2

— Lui ? Je ne lui fais pas confiance. Le sang de ce *monstre* coule dans ses veines. Donc, nous ne pouvons pas lui faire confiance, cria une voix à travers la pièce.

Sten ne savait pas qui avait exprimé ces inquiétudes, et il s'en fichait. Ce n'était pas nouveau pour lui. La culpabilité par association était prévisible. Non pas que Sten se considérait innocent. Il avait peut-être choisi de fermer les yeux sur la cruauté de son frère par instinct de protection. Ou avait-il simplement refusé de voir l'étendue de la cruauté d'Ulster ? Une partie de lui s'était-elle attendue à ce qu'Ulster ait un bon fond quelque part ? Ou était-ce l'espoir naïf d'un jeune garçon que la seule figure masculine de sa vie réservait sa cruauté pour lui et lui seul ? Cela n'avait plus d'importance maintenant ; Ulster était parti.

Mais Sten n'était plus ce garçon effrayé. Il s'était battu en Norvège pour prouver sa valeur en tant que guerrier. Il avait peut-être partagé un navire avec son frère, mais la plupart du temps, Sten restait à l'écart et n'interagissait avec son frère que lorsque c'était inévitable. L'étendue réelle des crimes d'Ulster avait été inconnue de Sten, ou l'était-elle vraiment ? Depuis que Velika avait dévoilé la vérité sur Ulster, Sten s'était torturé en pensant qu'il aurait dû voir les signes. Avaient-ils été là tout le temps, et les avait-il manqués ? Il savait que son frère était cruel ; il l'avait ressenti de première main. Maintenant, Sten voulait réparer les méfaits de son frère et prouver qu'ils n'étaient pas le même homme.

— Je ne suis pas mon frère, dit Sten calmement.

Sten ne cherchait pas à contrarier qui que ce soit, mais voulait aussi faire comprendre à la colonie qu'il était sa propre personne. Ulster avait fui comme le lâche que Sten savait qu'il était. Sten excellait dans les petits boulots et s'était habitué à faire les tâches que personne d'autre ne voulait faire pour prouver sa valeur. Maintenant une opportunité s'était présentée, lui donnant un nouveau plan. Il devait être le héros. Se porter volontaire pour une mission aussi dangereuse et revenir avec des informations utiles pourrait faire exactement cela. Cela l'élèverait au rang d'une personne respectée.

La guerrière danoise, connue sous le nom d'Olga, qu'il avait vue le suivre dans le camp, s'était également portée volontaire. Il était difficile de ne pas la remarquer. Elle était magnifique. La beauté d'une reine dans l'enveloppe d'une guerrière, qu'y avait-il à ne pas aimer ? Ses cheveux tombaient autour de ses épaules en épaisses vagues dorées. Elle avait des pommettes hautes avec une mâchoire angulaire et des yeux de lionne, aussi bleus que le ciel d'un nouveau matin. Si Sten ne l'avait pas vue au combat de ses propres yeux, il l'aurait prise pour une délicate fleur du matin. Mais, au contraire, elle avait la puissance d'un ours, la grâce des vagues déferlantes et la colère du soleil. Elle était une contradiction sous toutes ses formes et complètement fascinante. Mais, même si elle était une guerrière habile, pour Sten, ce n'était pas une mission pour quelqu'un comme elle.

— Je me suis porté volontaire en premier. Laisse la demoiselle rester ici et protéger, protesta Sten.

— Ne te laisse pas tromper par mon absence de queue, Norvégien. Mon épée coupe aussi profondément, mes flèches volent aussi vite, et j'ai versé plus de sang britannique que toi. Je suis sur ces rivages depuis plus longtemps ; je devrais y aller.

— Je ne remets pas en question ton habileté ; je suggère simplement que tu pourrais être trop visible comme espionne. Et je me suis porté volontaire en premier ! protesta encore Sten.

— Trop visible comme espionne ? Explique-toi ! cria Olga.

Les lèvres de Sten restèrent silencieuses, mais son esprit hurlait *ta beauté.*

CHAPITRE 3

OLGA PROTESTA DAVANTAGE. Peut-être avait-elle jugé le Nordique trop vite, et qu'il n'était pas l'âme douce qu'elle avait cru percevoir.

— Lars, tu es mon commandant ; dis quelque chose ! rugit Olga.

Triska et Lars se tenaient tête contre tête, discutant de la question. Olga s'agitait de plus en plus ; elle avait l'impression que ses compétences étaient remises en question. Un sentiment qu'elle n'appréciait pas du tout.

— Il semble qu'une opportunité se présente. Un moyen de renforcer notre alliance. Un membre de chaque groupe pourrait être judicieux, déclara Lars.

— Ne présente pas cela comme ce que ce n'est pas. On se méfie de moi à cause de mon frère. Si quelqu'un ici me faisait confiance, je ferais cela seul. Je n'ai pas besoin d'une nourrice ! répliqua sèchement Sten.

Ses paroles ne firent qu'attiser la frustration naissante d'Olga à son égard. Nourrice ? Ne savait-il pas à qui il s'adressait ? Elle était tout sauf une nourrice.

— Je me suis portée volontaire de façon équitable. Je n'ai pas besoin d'un homme pour me tenir la main. Mon passé parle pour moi. J'ai espionné pour le Roi lui-même. Et je ne suis certainement pas une nourrice ! rugit Olga, perdant le contrôle de son tempérament.

— Pour quelle autre raison que la méfiance l'espionne danoise voudrait-elle chevaucher avec moi ? argumenta Sten.

Olga avait besoin de cette mission plus que quiconque ne le savait. Elle avait sa propre mission secrète, qui lui tenait à cœur, et dont même ses frères d'armes n'avaient pas connaissance. Elle n'aimait pas être questionnée ; ce n'était l'affaire de personne d'autre que la sienne.

— Je n'ai pas à me justifier auprès de quelqu'un comme toi, Nordique, cracha Olga.

— Assez de querelles mesquines ! ordonna Velika. Je ne remets pas en question votre jugement, Lars, ni le vôtre, Triska. Pourtant, je ne connais pas vraiment Olga ni ce qu'elle a dans le cœur. Mon esprit serait plus tranquille en sachant qu'un Nordique l'accompagne.

Olga regarda autour de la pièce, cherchant quelqu'un pour prendre sa défense. Elle n'était pas du genre à avoir besoin de l'aide ou de l'approbation des autres. Mais devant les têtes baissées et les regards détournés, elle comprit qu'elle était seule sur cette question. Lars et Triska ne s'y opposaient pas. La déclaration de Velika était favorable à l'alliance, peu importe comment elle la présentait. Au lieu de cela, la pièce se remplit d'une tension si épaisse que l'air en devenait suffocant.

À contrecœur, Olga se tourna vers Sten. À sa surprise, il hocha la tête. C'était décidé. Ils partiraient ensemble.

CHAPITRE 4

Lars pensa qu'il valait mieux qu'Olga et Sten se déguisent. L'ennemi les reconnaîtrait trop facilement s'ils partaient à cheval en armure de combat. Triska demanda aux guérisseurs d'écraser des pétales et des baies pour masquer les cheveux blonds d'Olga. Elle n'aurait pas les riches cheveux auburn des dames écossaises, mais cela suffirait.

En partant à cheval, Olga se tortilla dans les contraintes de ses nouveaux vêtements. Elle n'avait nulle part où dissimuler son épée. Habillée comme une paysanne, Olga se sentait ridicule. N'aimant pas s'aventurer en territoire ennemi sans armes, elle attacha deux dagues à ses cuisses.

—Nous avons l'air ridicules. Qui sera assez stupide pour croire que nous sommes écossais ? se plaignit Olga.

Elle portait une longue robe en laine à motifs sur un jupon simple en coton et une jupe en laine qui irritait sa peau. Ses seins se dressaient haut sur sa poitrine, encadrés par la délicate bordure blanche du jupon sous ses vêtements. Elle trouvait le châle de laine autour de ses épaules gênant, limitant ses mouvements et glissant constamment de ses bras. Sten portait une simple tunique grise avec une corde en guise de ceinture et un pantalon assorti. Il aurait pu passer pour un fermier s'il n'avait pas été aussi robuste, mais quel fermier Olga connaissait-elle qui possédait autant de muscles que Sten ?

—C'est un bon plan... et tu n'as pas l'air ridicule. Cette robe te va bien, offrit Sten.

—Oh, tais-toi ! lança Olga.

Elle n'avait pas envie de converser avec le Norrois, peu importe combien il était agréable à regarder. Il avait peut-être retenu son attention auparavant, mais plus maintenant. À présent, il n'était qu'un obstacle sur son chemin. Les flatteries ne le mèneraient nulle part avec elle. Comment pourrait-elle exécuter son plan avec une nounou suivant chacun de ses mouvements ? Elle songea à lui dire mais ne lui faisait pas confiance pour ne pas rapporter son secret à Lars et aux autres. Encore une raison de le détester.

—Je ne voulais pas t'offenser, Olga. Je t'ai vue sur le champ de bataille quand les Britanniques ont attaqué. Tu maniais ton épée mieux que certains hommes de mes frères, dit Sten, essayant d'être amical.

—Pourtant, tu as remis en question ma détermination devant mon commandant et tu as eu l'audace d'insinuer que j'étais une nourrice, rétorqua Olga.

—Un lapsus dans un moment de frustration. Je ne voulais pas te blesser, concéda-t-il.

—Je préférerais t'arracher la langue de la bouche plutôt que de t'entendre me parler à nouveau, grogna Olga, éperonnant son cheval pour prendre de l'avance.

—Quel est ton problème avec moi ? Je ne t'ai rien fait de mal ! lui cria Sten, poussant son cheval pour la rattraper.

La patience d'Olga s'amenuisait. Chaque mot qui sortait des lèvres de Sten l'irritait davantage. Sa voix lui écorchait les oreilles. Elle ne pouvait pas réfléchir clairement avec son bavardage incessant.

—Tu es dans le chemin ! Un objet inutile qui entrave ma mission. Je me débrouillerais mieux sans toi ! aboya Olga, arrêtant son cheval.

Olga le fusilla du regard, attendant qu'il riposte. Elle était prête pour une bagarre. Elle le mettrait à terre et l'abandonnerait aux loups. Il lui faisait perdre son temps.

—N'est-ce pas suffisant que mon propre peuple me rejette à cause des actes de mon frère ? Maintenant, vous les Danois faites pareil ? demanda Sten, son front plissé profondément jusqu'à son nez.

—Cela n'a rien à voir avec cette créature avec laquelle tu partages ton sang. Lui au moins a compris quand il n'était pas voulu et est parti. Quelque chose que tu pourrais envisager de faire, se moqua Olga, poussant son cheval en avant, suivant le chemin à travers les bois.

—Contrairement à mon frère, je ne suis pas un lâche, et je ne recule pas quand j'ai donné ma parole. Lars et Triska nous ont tous deux assignés à cette mission. Je reste, que cela te plaise ou non, cria Sten en essayant de la rattraper.

—Une chose sur laquelle nous pouvons être d'accord, c'est que je ne veux pas de toi ici, grommela Olga.

—Ici, ou juste moi ? Tu n'as aucun problème à exprimer tes préoccupations, alors dis-les maintenant. Mieux vaut aérer nos griefs de peur qu'ils n'interrompent notre mission, lança Sten, se baissant alors qu'Olga lâchait une branche d'arbre qui se dirigea vers sa tête.

—Des griefs ? Quel problème as-tu avec moi ? rit Olga.

—Que dirais-tu du fait que je ne t'ai jamais fait de mal, mais que tu sembles avoir une si piètre opinion de moi ?

—Oh, pauvre Norrois, a-t-il besoin de l'approbation de sa nourrice ? railla Olga.

—Ne te moque pas de moi, Danoise ! tonna Sten.

—Ou quoi, Norrois ? rit encore Olga.

—Contrairement à mon frère, je n'ai jamais levé et ne lèverai jamais la main sur une femme, répondit Sten, mais Olga lui renvoya une réplique cinglante.

—Alors tu dois trembler en bataille face à une vierge guerrière comme moi, se moqua Olga.

—La bataille, c'est différent, et tu le sais. Pourquoi insistes-tu à agir comme une enfant ? À te moquer de moi ainsi ?

—Parce que je veux que tu me laisses tranquille ! lança Olga.

—Je vais te dire ce que j'ai dit à mon frère. Je ne prends pas d'ordres de toi ! Je reste !

—Alors tiens ton irritant..., Olga s'arrêta.

Au milieu des bois se trouvait la rivière qu'ils devaient traverser. Un petit pont suspendu tremblait dans la brise d'une rive à l'autre. Olga se tut. Le pont ne semblait pas sûr ; les eaux de la rivière dévalaient furieusement la pente et étaient trop profondes pour risquer d'y faire passer les chevaux.

—Qu'y a-t-il ? demanda Sten, inquiet.

—Rien... nous devons trouver un autre moyen de traverser la rivière, répondit Olga.

—Pourquoi ? Il y a un pont ; allons-y, dit Sten.

La poitrine d'Olga se soulevait. Elle déglutit pour essayer de faire disparaître la boule dans sa gorge.

—Tu sembles avoir des doutes, remarqua Sten.

—Cette petite chose ne supportera pas le poids des chevaux ; nous ne pouvons pas faire le reste du voyage sans eux, mentit Olga.

CHAPITRE 5

—OLGA, ce n'est pas grave d'être inquiète, mais ce n'est que de l'eau, dit doucement Sten.

Il voyait bien qu'elle avait peur mais ne comprenait pas pourquoi. Ils étaient déjà partis du mauvais pied. Il ne voulait pas la forcer à parler de quelque chose qu'elle ne serait pas prête à admettre.

—Je m'inquiète pour les chevaux. Viens, nous allons trouver un autre chemin, insista Olga en descendant de sa monture et en s'éloignant avec son cheval.

Sten sauta de son cheval et prit doucement sa main. Olga se retourna vers lui, alarmée, non pas par peur mais par surprise face à ce contact délicat.

—Je sais que tu ne souhaites pas que je sois là, mais j'y suis. Tu n'es pas seule ; je vais t'aider à traverser, puis je reviendrai chercher les chevaux, proposa gentiment Sten.

—Les chevaux...

—Olga, tu as peur. Je ne le dirai à personne. S'il te plaît, laisse-moi t'aider à traverser, dit Sten en la guidant doucement vers la berge.

Sten pouvait sentir la main d'Olga trembler dans la sienne. Son regard passait nerveusement de son pied posé sur le pont à la rivière en contrebas. Sten prit son autre main. Il la plaça sur la corde servant de rambarde et serra fermement l'autre main, gardant un œil attentif sur elle, avançant lentement un pas après l'autre. Sten murmurait des paroles douces et apaisantes tandis qu'ils avançaient, ce qui semblait calmer son esprit. Soudain, un tronc d'arbre dévala la rivière dans leur direction. Il s'écrasa contre les rochers en dessous mais n'atteignit pas le pont. Cela n'aida pas pour autant à calmer le cœur affolé d'Olga.

Sans réfléchir, elle lâcha la rambarde et se précipita dans les bras de Sten, s'accrochant à lui comme une enfant effrayée. Sten l'entoura de ses bras et caressa ses cheveux. Il la regarda et vit que ses yeux étaient fermement clos. Cela lui faisait mal de la voir ainsi.

—Ce n'est rien. Tu es en sécurité. Nous y sommes presque, juste quelques pas de plus, dit Sten en relevant son menton d'un doigt délicat. —Regarde-moi simplement, ne regarde pas la rivière.

Lentement, Olga ouvrit les yeux, hochant la tête en signe d'accord. Elle garda son regard fixé sur lui. Les rayons du soleil filtrant entre les arbres l'enveloppaient d'une lumière dorée ; elle paraissait angélique. Sten ne put s'en empêcher ; il caressa sa joue et lui offrit un sourire réconfortant.

—Je dois avouer que j'ai peur, je... je... ne sais pas nager, admit Olga.

Arrivé sain et sauf sur l'autre rive, Sten la regarda, perplexe. Elle était une Viking. Les Vikings vivent et respirent la mer ; ils naissent avec le pied marin pour être prêts à naviguer sur des eaux bien plus tumultueuses que cette petite rivière.

—Une Viking qui ne sait pas nager ? murmura Sten.

Olga était toujours dans les bras de Sten. Depuis qu'ils avaient atteint la rive, elle n'avait pas cherché à s'en dégager non plus. Elle se doutait qu'il n'avait pas eu l'intention de laisser échapper ses pensées, mais elle les avait entendues quand même. Elle s'était montrée vulnérable, s'était ouverte sur l'une de ses plus grandes hontes, et il se moquait d'elle. Puis, rougissante, elle le repoussa.

—En quoi cela te regarde-t-il si je ne sais pas nager ? L'océan est bien différent d'une rivière tumultueuse comme celle-là, s'emporta Olga en pointant un doigt furieux vers les eaux courantes.

—Je suis d'accord ; l'océan est très différent. Je pensais simplement que si quelqu'un devait avoir peur de l'eau, l'océan serait bien plus préoccupant, haussa les épaules Sten.

Olga ricana, roulant des yeux avant de s'éloigner de lui à grands pas. Sten jeta un regard vers les chevaux qui attendaient de l'autre côté de la rivière, puis se décida à courir après Olga.

—Je ne voulais pas t'offenser, Olga. Moi aussi, j'ai des peurs. C'est normal, cria Sten.

—Laisse-moi tranquille, répliqua Olga sèchement.

—C'est vrai. Je déteste les serpents avec passion ; ce sont de sales bestioles. J'ai le vertige, et je crains que tout le monde me considère à jamais comme un monstre comme Ulster. Je ne lui ressemble en rien ; j'aimerais que les autres le voient aussi, confessa Sten.

Olga s'arrêta, réfléchissant à ses paroles. Puis, faisant volte-face, elle marcha droit vers lui, scrutant son regard, cherchant la vérité dans son âme.

—Tu dis la vérité. Tu me ferais confiance avec ça ? demanda-t-elle.

—Tu m'as fait confiance avec ta peur ; il est juste que je te fasse confiance avec les miennes, répondit Sten.

Il était sincère. Cela lui faisait tellement de bien de pouvoir enfin partager ses inquiétudes avec un autre être humain plutôt qu'avec les murs étroits de sa hutte ou de sa cabine de navire.

Olga le regarda attentivement. Sten n'arrivait pas à déchiffrer l'expression sur son visage. Elle n'avait l'air ni effrayée ni en colère. Elle semblait plutôt l'interroger du regard.

—Attends ici. Je vais chercher les chevaux.

CHAPITRE 6

Ils chevauchèrent un peu plus longtemps en silence. Le soleil était haut dans le ciel, les baignant d'une chaleur qui rendait leurs vêtements de laine inconfortables. Olga se tortilla sur sa selle, remarquant que Sten essayait de cacher son sourire. Normalement, elle aurait réagi vivement pour lui montrer ce que cela signifiait de se moquer d'elle, mais intérieurement, elle sourit ; elle pouvait imaginer à quel point elle devait avoir l'air étrange. Son estomac grogna. Elle n'avait rien mangé depuis avant l'aube.

— Peut-être devrions-nous nous arrêter un moment à l'ombre. Mon estomac me fait mal. J'ai besoin de manger. Tu dois avoir faim toi aussi, suggéra Olga.

— Je ne pourrais pas être plus d'accord, répondit Sten.

Olga laissa Sten allumer le feu pendant qu'elle se faufilait dans les bois, sa dague à la main. Les animaux de la forêt se cachaient bien. Elle pouvait entendre des bruissements dans les sous-bois et dans les branches des arbres au-dessus d'elle. Elle suivit des traces sur le sol jusqu'à un petit buisson au pied d'un puissant chêne. Un terrier de lapin s'y trouvait. Se mettant en retrait, cachée dans les arbres, elle lança une pierre sur le buisson, se préparant à l'évasion des lapins.

Trois petits lapins, deux bruns et un blanc, s'élancèrent vers la liberté, mais ils ne faisaient pas le poids face aux lames d'Olga. Olga observa leur trajectoire, comment ils zigzaguaient d'un côté et de l'autre, avant de finalement lancer ses couteaux dans les airs, tuant instantanément ses proies.

— Votre perte ne sera pas vaine, mes amis, murmura-t-elle aux lapins en les ramenant au camp.

Ensemble, ils s'assirent pour dépouiller leur déjeuner. Sten était beaucoup plus habile qu'Olga ne l'avait anticipé ; avec deux grandes entailles et une traction brusque, il arracha la fourrure d'un coup. Olga était impressionnée. Chaque mouvement que faisait Sten était mesuré, comme s'il lui demandait silencieusement la permission de l'aider. Cela lui donnait beaucoup à réfléchir.

Sa confession à propos de son frère répondait à ses questions précédentes. Il se donnait du mal pour être serviable et gentil afin de montrer aux gens qu'il n'était pas le même homme, même s'il agissait sans que les autres ne le voient. Elle comprit alors pourquoi il s'était porté volontaire. Il avait besoin de faire ses preuves. Perdue dans ses pensées pendant un moment, Olga décida finalement de parler.

— Tu as raison. J'ai peur. Pas seulement des eaux tumultueuses contre lesquelles je ne peux pas lutter, mais de... beaucoup de choses, dit Olga doucement.

— Comme quoi ? demanda Sten, en faisant tourner les lapins qui rôtissaient au-dessus du feu.

— De décevoir ma mère. Elle compte sur moi... d'être seule, de ne pas trouver une famille à moi. Être au service du Roi peut t'éloigner de telles choses, dit Olga en tripotant un fil qui dépassait de l'ourlet de sa jupe.

— La famille est importante pour toi, n'est-ce pas ? Je n'ai pas pu m'empêcher de remarquer que tu semblais plus en colère que j'aie laissé mon frère seul que tu ne l'es que je sois coupable de crimes similaires, dit Sten, en remuant les flammes.

— La famille est importante pour moi. Lars et les autres ne connaissent même pas les raisons, dit-elle en fixant le feu.

— Tu veux bien partager ? demanda Sten, levant enfin les yeux pour rencontrer les siens.

Olga hésita, mais elle sentait une attirance envers Sten. Elle ne pouvait pas l'expliquer. Elle avait toute son attention. Elle ne savait pas pourquoi, mais elle savait qu'elle pouvait lui confier son secret.

— Il y a des années, ma mère s'est aventurée sur ces côtes. Un Anglais l'a forcée. Elle s'est enfermée, ayant peur de sa propre ombre. J'ai pris sur moi d'être sa protectrice. Des mois plus tard, elle a découvert qu'elle était enceinte. Je ne comprenais pas à l'époque ; j'étais si jeune. Une fois l'enfant né, ma mère a jeté un seul regard et a su que son temps sur ces rivages était terminé.

Olga se sentait libérée, parlant enfin de son passé. La tragédie avait peut-être été celle de sa mère, mais Olga sentait que c'était aussi son fardeau, de voir sa mère souffrir. Tout ce qu'elles avaient, c'était l'une l'autre.

— Je ne sais pas où elle a laissé mon frère. Tout ce que je sais, c'est qu'elle m'a réveillée à l'aube, et nous avons navigué vers le Danemark.

Sten était sans voix. Au lieu de cela, il offrit une main attentionnée. Posant sa main sur la sienne, il lui adressa un sourire compatissant. Reposant sa main sur la sienne, Olga sourit en retour. Elle avait encore une autre confession à faire. Et maintenant, elle sentait qu'ils étaient si engagés dans cette conversation que Sten devait l'entendre.

— J'ai entendu des rumeurs. À propos d'un géant, plus viking qu'anglais, commença Olga.

— J'ai entendu de telles rumeurs. Ulster divaguait à propos de son séjour avec les Britanniques avant de partir. Il ne voulait pas dire ce qui lui était arrivé, il marmonnait juste comme un fou. J'ai entendu un de ces délires. Un homme d'apparence viking travaillant avec les commandants britanniques, occupant lui-même une position de haut commandement, se rappela Sten.

— Je crois que c'est mon demi-frère. Je n'ai jamais su ce qui lui était arrivé, ma mère refuse toujours d'en parler. Il n'a peut-être pas été conçu dans l'acte d'amour, mais il n'a pas commis les crimes de son père... Tout comme tu n'as pas commis ceux de ton frère, ajouta-t-elle.

Sten se redressa un peu, hochant la tête en signe d'approbation. Olga était certaine d'avoir vu des larmes perler au bord de ses yeux. Quelqu'un voyait enfin qui il était vraiment, une victime lui-même des méfaits de son frère.

— Merci, Olga, murmura Sten, serrant doucement sa main.

— Même quand nous sommes retournées au Danemark, ma mère n'a plus jamais été la même. Elle ne s'est jamais couchée avec un autre homme. J'étais une enfant unique avec une mère qui vivait dans l'ombre. C'était... Olga ne pouvait pas terminer sa phrase, alors Sten la finit pour elle.

— Solitaire ?

Olga hocha la tête.

— Je dois savoir s'il est mon frère. Je ne connais même pas son nom. Mais en voyant son visage, je sais au fond de moi que je saurai. Je chevaucherais avec le djǫfull lui-même pour le découvrir, avoua Olga.

Ses derniers mots n'étaient pas censés s'échapper de ses pensées, mais ils firent éclater de rire Sten. Bien sûr, le voir rire fit qu'Olga partagea ce rire aussi.

— Ça, ce serait mon frère. Mais, désolé, Olga, il n'est pas là. Donc, tu as été coincée avec moi à la place, rit Sten, tournant son attention vers les lapins qui rôtissaient au-dessus du feu.

— Une situation dont je suis très reconnaissante, dit Olga.

Elle ne savait pas pourquoi elle avait prononcé ces mots, mais elle savait qu'ils sonnaient juste. Sten n'était en rien comme Ulster, et Olga regrettait d'avoir été si méchante avec lui au début de leur voyage. Son cœur s'emballait ; elle retenait son souffle, attendant de voir si Sten avait entendu sa confession.

Lentement, il se tourna vers elle, lui lançant le même regard interrogateur qu'elle lui avait adressé sur le pont. Sten se rapprocha, guettant si elle était repoussée par lui. Mais, au contraire, elle resta immobile, la bouche légèrement entrouverte tandis que son cœur menaçait de bondir hors de sa gorge.

Il se pencha plus près. Assez près pour que leurs lèvres ne se touchent pas, mais son souffle pouvait être senti sur les siennes. Les yeux de Sten passaient de ses lèvres à ses yeux et inversement. Olga ne voulait pas attendre ; elle se pencha et combla l'écart entre eux, laissant sa langue glisser entre ses lèvres.

Sten attira Olga sur ses genoux, passant ses doigts dans ses cheveux. Il se sentit durcir, tandis qu'elle l'enjambait, si proche et pourtant si loin.

CHAPITRE 7

OLGA SENTIT son teint pâle s'empourprer. Elle ne s'attendait pas à apprécier son baiser, et elle l'avait beaucoup aimé. Mais prise de panique, elle suggéra qu'ils finissent leur repas et continuent leur route. Le lapin était une distraction bienvenue face à ses pensées rebelles. Olga observa du coin de l'œil Sten qui dévorait sa nourriture, léchant les restes carbonisés sur ses doigts, avant de tremper un morceau de pain tiré de sa sacoche dans le petit ragoût qu'ils avaient préparé.

Sten sourit, surprenant Olga qui l'observait. Plusieurs regards furtifs furent échangés, et Olga se sentit revivre. Mais ils avaient une mission, et elle n'avait qu'un bref moment pour accomplir la sienne. Elle ne pouvait pas se permettre de perdre une seconde, même pour un Nordique à l'allure divine.

—Je pense que nous devrions poursuivre notre voyage une fois que nous aurons mangé. Nous ne pouvons pas nous permettre de perdre plus de temps, dit Olga, prenant une autre bouchée de cette viande dure et sèche.

—Il fera bientôt nuit ; nous pourrons continuer demain matin, répondit Sten la bouche pleine.

—Nous devons découvrir ce que les Britanniques font avec mon frère. Tu as dit qu'Ulster pensait qu'il occupait une position de pouvoir ? Est-ce qu'il travaille avec eux ? Est-il prisonnier, forcé d'agir contre son peuple par peur ? Ou quelque chose de pire ? demanda Olga frénétiquement, furieuse que Sten veuille s'arrêter pour la nuit.

—Avec tout le respect que je te dois, Olga, tant que tu ne l'auras pas vu de tes propres yeux, tu ne sauras pas s'il est vraiment ton frère, dit Sten avec prudence.

—Je sais que c'est lui. Quelle autre explication existe pour un homme qui ressemble à un Viking et travaille pour notre ennemi ? répliqua sèchement Olga, jetant le reste de son ragoût dans les buissons.

Sten termina rapidement son repas tandis qu'Olga piétinait les restes du feu et commençait à préparer les chevaux.

—Olga, je comprends à quel point tu veux que ce soit vrai. Mais j'ai aussi une mission. Je dois faire mes preuves auprès de notre peuple avant de devenir un paria. Nous devons penser à la communauté avant de penser à nous-mêmes. Bien que j'aie beaucoup apprécié notre rapprochement, je ne vais pas non plus me laisser distraire. Peut-être as-tu raison ; nous devrions continuer. Nous n'avons vu aucun signe des Britanniques jusqu'à présent. Nous devons avancer avant la tombée de la nuit, soupira Sten, vidant le pot de ragoût et le fourrant dans sa sacoche de selle.

Olga fixait Sten d'un regard absent. Elle le regardait monter sur son cheval et avancer. Ses paroles résonnaient encore dans ses oreilles. Il avait apprécié leur rapprochement. Mais l'avait-il apprécié autant qu'elle ? La sensation de ses lèvres ? Elle chassa cette pensée, sauta sur son cheval et le suivit.

—Sten, attends ! cria Olga.

Sten arrêta son cheval. Attendant d'entendre ce qu'elle avait à dire.

—J'ai une idée. Un moyen pour que nous obtenions tous les deux ce que nous voulons et accomplissions notre mission.

—Dis-moi, acquiesça Sten.

—Faisons un pacte. Cinq jours. Nous découvrons la vérité, ou nous mourons en essayant, suggéra Olga.

Sten hésita, la regardant du coin de l'œil. Que voulait-elle dire ?

—Tu as perdu la tête, Olga, rit Sten.

—Mon esprit n'a jamais été aussi clair. Je te laisserai espionner les Britanniques ; tu pourras t'attribuer toute la gloire de la découverte. Je t'aiderai même en te communiquant tout ce que je trouve. J'ai juste besoin de cinq jours pour trouver mon frère. S'il te plaît, Sten. Il est tout ce qu'il me reste, supplia Olga.

Sten la fixa un moment de plus. À quoi s'engageait-il ? Puis, secouant la tête et levant les yeux au ciel, il hocha la tête.

—Très bien. Cinq jours, si tu n'as rien trouvé d'ici là, nous rentrons ensemble.

CHAPITRE 8

À LA FIN du quatrième jour, Olga et Sten avaient voyagé plus au sud qu'ils ne l'avaient initialement prévu. Ils avaient élaboré une histoire selon laquelle ils étaient des marchands itinérants à la recherche d'un nouveau lieu pour commercer. Mais malheureusement, chaque ville et village où ils s'étaient arrêtés s'était révélé être une impasse. Ils avaient parlé avec des représentants des villages, des prostituées, des fermiers, et même quelques enfants. Mais jusqu'à présent, tout ce qu'ils avaient découvert était ce qu'ils savaient déjà. Les Britanniques rassemblaient leurs forces, déterminés à chasser les envahisseurs de leurs terres.

Personne ne savait où se trouvait le camp britannique ni n'avait entendu parler d'un Viking qui travaillait avec eux. Sten et Olga commençaient à perdre espoir. Alors que la nuit approchait, elle apporta un vent fort et une tempête de pluie, forçant le duo à s'abriter dans une auberge.

L'auberge était calme. Le vent et la pluie avaient contraint tout le monde à rester chez soi. Seuls quelques voyageurs de passage et des habitants buvaient à l'intérieur au comptoir. Blottis ensemble dans un coin près de la cheminée, réchauffant le froid dans leurs os, Olga et Sten s'assirent enfin pour exprimer leurs inquiétudes.

—Quatre jours. Pendant quatre jours nous avons voyagé et jusqu'à présent rien. Quelqu'un doit forcément savoir quelque chose. Qu'est-ce que nous faisons mal ? chuchota Olga, soucieuse de ne pas être entendue.

—Peut-être que tout le monde craint que les Britanniques découvrent qu'ils ont parlé, réfléchit Sten.

—As-tu vu de la peur ou de l'appréhension sur les visages ? Nous avons été prudents avec nos questions. Jusqu'où devons-nous aller ? demanda Olga.

Sten y réfléchit un moment. Puis, sortant une carte de sa poche, il la déposa sur la table. Elle montrait la distance qu'ils avaient parcourue jusqu'à présent. À l'ouest se trouvait la côte, s'étendant vers les îles de l'autre côté des rivages britanniques ; à l'est, plus de champs, de villages et de terres montagneuses. S'ils continuaient vers le sud, ils risquaient de tomber directement sur les forces britanniques. Ceci était censé être une mission discrète ; ils ne pouvaient pas risquer d'être découverts.

—Je ne vois pas comment les Britanniques auraient pu traverser ces régions sans que personne ne les voie. Pas une force comme celle qui nous a attaqués, s'inquiéta Sten.

—C'est exactement ce que je pense. Nous ne pouvons pas aller trop loin et risquer de nous égarer et de ne pas rentrer à temps pour avertir les autres. Que suggères-tu ? demanda Olga en buvant une gorgée de sa bière.

—Le seul endroit que les Britanniques n'ont pas encore attaqué, c'est par la mer, n'est-ce pas ? Et s'ils voyageaient de la capitale vers l'ouest et utilisaient les montagnes comme couverture ? En coupant à travers les collines, loin des villages ? C'est le moyen parfait pour éviter d'être vu par quiconque pourrait échanger des mots avec votre ennemi. C'est ce que je ferais, répondit Sten.

—Sten, tu es brillant. Donc demain, nous voyageons vers l'ouest en direction de la mer. Cela pourrait nous prendre encore trois jours pour y arriver. Est-ce que ça vaut le risque ?

—C'est notre dernière chance. Nous ne pouvons pas rentrer les mains vides, conclut-il.

Ils continuèrent à parler à voix basse, développant davantage leur plan. Le cinquième jour serait consacré à voyager ensemble. Si rien n'était découvert, Sten continuerait à voyager vers l'ouest, et Olga rentrerait chez elle et essayerait d'intercepter les Britanniques sur leur chemin de retour avant une autre attaque. Ce n'était pas un plan parfait, loin de là. Il était dangereux de se séparer, mais ils ne voyaient pas d'autre solution.

—Vous deux, vous avez besoin d'un lit pour la nuit ? Nous fermons bientôt, alors finissez et décidez-vous, coassa la vieille serveuse aux cheveux gris qui s'était approchée.

—Une chambre serait merveilleuse, merci. Nous avons tellement voyagé, et je suis trop fatiguée pour continuer ce soir. Et avec ce vent..., commença Olga, faisant de son mieux pour jouer le rôle d'une voyageuse écossaise épuisée.

—Oui, oui, ferme-la. Je vais vous chercher une clé, se plaignit la serveuse.

—Tu joues très bien la demoiselle en détresse, la taquina Sten.

—Ne t'y habitue pas. J'ai hâte de me débarrasser de ces haillons et de remettre mon armure, sourit Olga.

La serveuse revint avec une seule clé. Elle la jeta sur la table entre eux et se tint les mains sur les hanches. Son visage resta sévère un moment avant de se briser en un sourire joyeux. Ce changement soudain était troublant pour Sten comme pour Olga.

—Ah ! La fleur de l'amour jeune. Comme ça me manque. C'était comme ça avec Colin et moi. C'était un bel homme, mais il est mort lors d'un voyage hivernal il y a environ trois ans. Enfin, votre chambre est en haut des escaliers, la deuxième porte à droite. Profitez bien de votre séjour, sourit-elle avant de s'éloigner pour converser avec les autres clients.

—L'amour jeune ? demanda Olga en rougissant.

—Elle pense que nous sommes mari et femme, peut-être en voyage après notre mariage, dit Sten, essayant de son mieux de ne pas rire.

—Être mariée avec moi serait si terrible ? Comme tu me blesses, mon cher Sten, se moqua Olga, prétendant pleurer en s'éventant le visage.

Sten éclata de rire, et peu après, Olga se joignit à lui. C'était la seule chose qu'ils pouvaient faire pour ignorer la tension gênante qui grandissait entre eux. Deux personnes, non amoureuses, partageant un lit ?

—Je dormirai par terre. Viens, nous ferions mieux de nous reposer.

Nous partons à l'aube, dit Sten en se levant, offrant sa main à Olga. Puis, jetant quelques pièces d'argent sur la table et saluant la serveuse, ils se dirigèrent vers l'étage.

La chambre était minuscule, à peine assez grande pour abriter le petit lit au centre. Il n'y avait pas de place pour qu'un homme, même un Nordique légèrement plus petit comme Sten, dorme sur le sol.

—Eh bien... c'est... intime, gloussa Olga.

Ils échangèrent un regard tandis que Sten retirait sa cape. Ils n'avaient pas été aussi proches depuis cet après-midi dans les bois. Olga sentit son visage rougir en se souvenant de leur baiser. À voir la tension dans la mâchoire de Sten, lui aussi s'en souvenait. C'était un baiser merveilleux. Comment l'un ou l'autre pourrait-il l'oublier ?

Sten traversa la pièce et s'installa sur la petite chaise en bois inconfortable dans le coin. Elle grinça et se plaignit sous son poids. Il y tenait à peine ; on aurait dit qu'elle avait été fabriquée pour un enfant.

— Allons, Sten. Ne sois pas si timide. Nous sommes adultes ; nous sommes des guerriers. Nous pouvons sûrement partager un lit pour une nuit, dit Olga en enlevant ses lourdes jupes et en se glissant sous la couverture de laine qui grattait, ne portant rien d'autre que sa fine chemise de coton.

— Je... euh..., bégaya Sten, la bouche soudainement sèche.

— Ce lit est assez grand pour nous deux. Je ne sais pas pour toi, mais je voyage mieux après une bonne nuit de sommeil, dit Olga en se tournant vers la fenêtre.

Finalement, Olga entendit le bruit sourd des bottes de Sten, sa ceinture tombant au sol, et sentit le lit s'affaisser lorsqu'il se glissa de l'autre côté. Le lit était peut-être assez grand pour eux deux, mais la couverture couvrait à peine une personne. Les volets en bois couvrant les fenêtres étaient brisés par les assauts constants des éléments. La pluie battait dehors, et le vent faisait pénétrer un froid glacial dans la pièce.

Olga essaya de cacher ses frissons, mais étant si proche, Sten aurait dû être un imbécile pour ne pas les remarquer.

— Rapproche-toi ; nous pouvons partager notre chaleur corporelle pour nous tenir chaud, proposa Sten.

— Euh..., ce fut au tour d'Olga d'être sans voix.

— La couverture ne nous couvrira pas tous les deux, et tu l'as dit toi-même. C'est juste pour une nuit.

Lentement, Olga se rapprocha, pressant son dos contre la poitrine de Sten. Puis, de ses bras épais et larges, Sten enveloppa la couverture autour d'eux deux, attirant Olga plus près, caressant ses épaules nues dans une tentative de réchauffer sa peau glacée.

— Tu es gelée, murmura Sten.

Son souffle sur sa nuque envoya un nouveau frisson le long de sa colonne vertébrale, les poils sur sa nuque se dressèrent, et elle laissa échapper un soupir involontaire. Son corps réagit alors que son dos s'arquait et que ses hanches ondulaient. Sten s'immobilisa. Ses mains s'arrêtèrent, mais Olga pouvait sentir son cœur battre contre sa poitrine.

Olga posa sa tête contre sa clavicule ; tendant le bras, elle caressa ses cuisses.

— Tu as froid aussi. Peut-être devrais-je te rendre la pareille pour te garder au chaud, dit Olga, les mots à peine soufflés.

Se retournant pour lui faire face, elle laissa ses mains errer sur la peau froide de son torse. De douces lueurs de la chandelle l'illuminaient dans l'ombre. Elle était reconnaissante du manque de lumière, car il aurait pu la voir dévorer sa masculinité des yeux. À la grande surprise d'Olga, il avait gardé son pantalon, probablement par respect pour elle, mais à cet instant, c'était plutôt une source d'agacement.

Olga pouvait sentir Sten trembler sous son toucher. Il luttait contre lui-même mais désirait ardemment son contact. Olga prit sa main et la posa sur sa cuisse. Lentement, leurs mains commencèrent à s'explorer l'un l'autre. Sous prétexte de se réchauffer mutuellement, ils ne se dupaient qu'eux-mêmes. Les mains de Sten parcouraient la poitrine d'Olga, s'attaquant à la barrière de coton entre leurs peaux. Olga passait ses doigts dans le petit buisson de poils sur son torse. Il descendait le long de son torse jusqu'à la partie cachée sous sa taille.

Olga avait peut-être peur de l'eau, mais elle n'avait jamais eu peur d'aller chercher ce qu'elle voulait. Et dans cette chambre, elle voulait Sten. Gardant ses yeux fixés sur les siens, elle se pencha plus près, laissant ses lèvres s'attarder à un souffle des siennes tandis que sa main se glissait sous son pantalon. Elle effectua sa descente avec une lenteur délibérément provocante, tout en se délectant des halètements de Sten lorsqu'elle referma ses doigts autour de la dure circonférence de sa verge.

Lentement, elle caressa sa longueur, prenant soin de faire glisser son pouce sur le gland. Sten ferma les yeux et sa respiration s'intensifia. Taquine, Olga sortit sa langue, léchant ses lèvres tout en le caressant plus fort, plus vite, jusqu'à ce que Sten gémisse profondément dans sa gorge. Alors que le plaisir de Sten grandissait, ses yeux s'élargirent. Ses lèvres s'écrasèrent sur celles d'Olga. Sa langue dansa avec la sienne tandis que sa main soulevait sa chemise et que ses doigts remontaient le long de sa cuisse.

Tandis qu'Olga continuait à le caresser, Sten poussa ses doigts à l'intérieur de l'ouverture étroite et humide d'Olga. Suivant son exemple, Sten caressa le bouton douloureux entre ses jambes avec son pouce jusqu'à ce qu'elle se morde la lèvre pour s'empêcher de crier son nom.

Olga bougeait ses hanches contre la main de Sten, sa main opérant des merveilles sur sa verge. Leurs lèvres se rencontrèrent à nouveau. C'était merveilleux - Une distraction de leurs inquiétudes concernant la guerre, leurs peurs et leurs échecs. C'était trop distrayant.

Soudain, la porte de leur chambre s'ouvrit violemment, et quatre soldats britanniques se tenaient à l'entrée. Olga et Sten avaient été trouvés par la chose même qu'ils recherchaient. Malheureusement, ils n'avaient pas été aussi discrets dans leurs questions qu'ils le croyaient.

— Attrapez-les ! ordonna l'homme le plus grand tandis que les trois autres se précipitaient dans la pièce.

CHAPITRE 9

DÉSARMÉS face à quatre soldats lourdement armés, Sten et Olga n'avaient aucune chance. Devant l'auberge se dressait une grande cage de fer tirée par des chevaux, faite de barreaux solides. Quatre chevaux attendaient, prêts à traîner Olga et Sten vers leur destin. Poussés à l'intérieur, leurs vêtements furent jetés avec eux. Les soldats riaient de les avoir pris sur le fait, au sens propre.

Quelques villageois avaient entendu le vacarme et se tenaient devant leurs maisons, regardant la cage s'éloigner vers le sud du village. Capturés par les Britanniques, Olga et Sten n'avaient plus que l'un l'autre. Les quelques armes qu'ils possédaient, rangées dans leurs sacoches, avaient été saisies. Olga avait encore un poignard attaché à sa cuisse. Mais un seul poignard contre quatre hommes ? Ces chances ne lui plaisaient guère.

— Comment allons-nous nous sortir de là ? demanda Sten alors que la cage tanguait d'un côté à l'autre sur la route boueuse et accidentée.

— Nous sortir ? Tu ne vois pas l'opportunité qui se présente ? s'enthousiasma presque Olga.

— Une opportunité ? As-tu perdu la raison ? protesta Sten.

— Silence là-derrière ! cria l'un des soldats qui dirigeait la charrette, enfonçant un bâton à travers les barreaux, frappant violemment Sten au flanc.

— Olga, nous sommes désarmés et en infériorité numérique. Nous n'avons aucune chance s'ils nous emmènent dans leur camp. Notre meilleure chance de survie est de nous échapper. Si nous pouvons les faire arrêter la voiture..., mais Olga ne voulait rien entendre.

— Sten, je ne rentre pas chez moi. Nous avons conclu un pacte. Cinq jours. Je dois encore retrouver mon frère. Je suis si proche que je n'aurai peut-être pas d'autre chance, chuchota Olga.

Sten était déchiré. Il savait combien retrouver son frère comptait pour elle. Il ne l'avait pas prévu, mais il était tombé éperdument amoureux d'elle. Depuis le moment où elle s'était accrochée à lui sur le pont, il pouvait encore sentir l'odeur des baies dans ses cheveux. Elle s'était ouverte à lui, et il avait partagé ses craintes avec elle. Il ne s'était jamais senti à l'aise pour faire cela avec qui que ce soit, pourtant elle avait rendu cela facile. Olga était une femme fière, déterminée et forte, des traits qu'il admirait profondément. S'il était honnête avec lui-même, il la suivrait n'importe où. Mais Sten n'était pas un imbécile ; il ne voyait aucun sens à entrer volontairement et sans armes en territoire ennemi.

— Olga, je veux t'aider à retrouver ton frère, mais...

— Mais rien du tout, Sten. Tu dis vouloir m'aider, alors aide-moi, insista Olga.

— Olga, sois raisonnable. Comment peux-tu retrouver ton frère si tu es morte ? Crois-tu que ces hommes nous écouteront ? Ulster s'est échappé par une chance insolente et grâce à ses manières sournoises et cruelles. Nous n'aurons peut-être pas cette chance. Notre meilleure option est d'attaquer quand ils ouvriront la cage, de nous échapper et de revenir avec des renforts.

— Sten, il nous a fallu presque cinq jours pour arriver jusqu'ici. Je ne peux pas faire demi-tour maintenant, se lamenta Olga.

Saisissant leurs vêtements, maintenant trempés par la pluie, Olga et Sten continuaient à se disputer. Sten devait la ramener à la raison, mais le temps était déjà écoulé. Le camp britannique se trouvait juste de l'autre côté des bois, sur le flanc de la colline, de l'autre côté du village. Sans le savoir, ils avaient chevauché directement dans le camp ennemi.

La voiture s'arrêta brusquement. Les chevaux hennirent en signe de protestation face à la traction sur les rênes. Les épées furent dégainées, prêtes pour une attaque, et la porte de la cage fut ouverte. Sten fut attrapé en premier, une lame sous la gorge. Deux autres soldats accoururent, saisissant Olga par les cheveux, essayant de la contrôler alors qu'elle se débattait. Elle était peut-être là où elle voulait être, mais elle ne supporterait pas d'être traitée de cette façon.

— Amenez-les au commandant ! ordonna l'un des gardes.

Les Britanniques avaient pris le contrôle d'un autre petit village et l'avaient revendiqué comme leur camp. C'était l'emplacement parfait. Ils étaient nichés dans le flanc de la colline, cachés par les bois et à cinq jours de route de la colonie norse. Le bruit de la mer n'échappa pas aux oreilles d'Olga ; la mer se trouvait de l'autre côté des arbres. Rapidement, elle comprit que le village était suffisamment éloigné pour ne pas être découvert, mais assez proche pour atteindre à la fois la Pointe et la colonie norse.

Le duo fut poussé et bousculé à travers le village, les soldats crachant, acclamant et leur lançant des objets pour célébrer leur capture. Finalement, la porte de l'auberge fut enfoncée d'un coup de pied, et Olga et Sten furent poussés de force à l'intérieur.

Debout, attendant leur arrivée, se tenait le commandant – un homme grand et mince avec une barbe courte et sombre, et un visage en colère. Il portait une simple tunique blanche ornée d'un grand lion rouge. De grands gants en cuir marron remontaient le long de ses bras. Sa cotte de mailles sous ses vêtements cliquetait quand il marchait. Mais, même à l'intérieur, il portait fièrement son simple casque de métal sur sa tête.

— Eh bien. Eh bien. Eh bien. Qu'avons-nous là ? Des espions, cette vermine ? Pensiez-vous que nous étions assez stupides pour tomber dans votre ridicule déguisement ? Nous vous suivons depuis des jours, railla le commandant, s'approchant et les examinant de la tête aux pieds.

— J'ai entendu dire que vous posiez des questions. Eh bien, j'en ai quelques-unes moi aussi, sourit le commandant en caressant la joue d'Olga.

La colère la traversa ; elle grogna au fond de sa gorge avant de lui cracher en plein visage. Instantanément, le commandant frappa Olga au visage du revers de sa main. La frappant avec une telle force qu'elle tomba au sol. Sten tenta de se libérer, mais le commandant fut trop rapide. Tirant une lame de sa ceinture, il la plaça sous la gorge de Sten.

— Je ne ferais pas ça si j'étais vous, gronda-t-il. Relevez-la ! ordonna-t-il en s'essuyant le visage.

Olga rugit alors qu'un soldat l'attrapait par les cheveux, la tirant sur ses pieds. Puis, pivotant rapidement, elle lui donna un coup de genou dans l'entrejambe, sortit son poignard et se prépara à combattre. C'est alors qu'elle vit le commandant, sa lame sous la gorge de Sten, un mince filet de sang déjà visible.

— Un geste de plus et je le tue ! Compris ? rugit le commandant.

Olga laissa tomber sa lame et la repoussa d'un coup de pied. Puis, lançant des regards assassins au commandant, elle serra les dents. Ils n'obtiendraient aucune réponse d'elle.

— De quelle colonie venez-vous ? Danoise ? Norvégienne ? demanda le commandant en s'asseyant, abandonnant Olga et Sten à la merci de ses hommes.

Aucun des deux ne répondit, gardant leurs visages impassibles et leurs lèvres hermétiquement closes.

— Ne jouez pas les imbéciles ; je sais que vous parlez ma langue, les nargua le commandant.

Pourtant, le duo ne dit toujours rien.

Le commandant trouvait leur défiance amusante. Il continua avec ses questions. D'où venaient-ils ? Qui cherchaient-ils ? Combien d'hommes avaient-ils ? Connaissaient-ils la position des Britanniques ? Chacune de ses questions fut accueillie par un silence de pierre. Finalement, le visage du commandant s'assombrit, son front se plissa et il frappa du poing sur la table.

— Ma patience s'épuise ! tonna sa voix.

D'un geste de la main, il donna un ordre. Sten reçut un coup de poing à la mâchoire, tandis qu'Olga reçut une gifle sur la joue. Instinctivement, ils réagirent tous deux à l'attaque de l'autre mais furent maîtrisés avant de pouvoir riposter.

— Intéressant. Messieurs, il semble que nous ayons deux amants parmi nous. Voyez comme elle s'emporte quand nous le frappons. Regardez la haine dans ses yeux quand vos mains se posent sur elle, railla le Commandant, ses hommes riant avec lui.

— Prenez-la ! Nous arracherons les réponses de ses lèvres s'il le faut. Ou préférerais-tu regarder ? ricana le commandant.

La malveillance suintait de chacun de ses mots. Cet homme était comme Ulster. Un monstre. Olga cria lorsque deux hommes la saisirent et l'entraînèrent. C'était trop pour Sten. Avec un cri de guerre, il se libéra de ses ravisseurs, brisant une mâchoire, une jambe et quelques côtes des soldats qui tentaient de l'arrêter. Se précipitant vers Olga, Sten fut immédiatement stoppé.

Une bête d'homme remplissait l'entrée derrière lui. Compte tenu de sa taille, il s'était déplacé si silencieusement que ni Olga ni Sten n'avaient remarqué son arrivée. Il avait des cheveux aussi dorés que le soleil, des yeux aussi bleus qu'un ciel de jour nouveau, et des traits anguleux. Tout ce qu'Olga put faire fut de haleter et de fixer l'homme qui plaqua Sten au sol.

Olga n'en croyait pas ses yeux. C'était comme se regarder dans un miroir. Cet homme partageait tous ses traits, ainsi que les yeux et les cheveux de sa mère. La bête viking dont parlaient les rumeurs, elle l'avait trouvée. Relevant son coude, elle brisa le nez de l'un des soldats qui la retenaient. En se tordant, elle saisit un couteau à sa ceinture et le planta dans les côtes de son autre ravisseur.

Elle avait rêvé de retrouver son frère pendant si longtemps. Finalement, elle avait presque perdu espoir. Elle avait tant de questions à poser, tant de choses à dire. Elle courut vers lui, mais avant qu'elle ne puisse prononcer un mot, il la saisit par les épaules et la jeta contre le mur.

Olga s'écrasa violemment contre le mur. Des bibelots tombèrent d'une étagère avec elle. L'air fut arraché de ses poumons, et des lumières dansèrent devant ses yeux. Son oreille bourdonnait, et elle perdit tout sens du monde autour d'elle tandis que son dos était envahi par une douleur qui se répandait dans chaque centimètre de son corps.

CHAPITRE 10

Olga gémissait sur le sol, luttant pour se relever alors que la douleur lui déchirait le corps. C'était trop pour Sten ; il ne supportait pas de voir une femme souffrir, surtout celle dont il réalisait qu'il était amoureux. Des soldats se jetèrent sur lui, essayant de l'empêcher de riposter. Ils n'étaient pas assez forts pour maîtriser Sten, surtout maintenant que sa colère avait explosé en lui. Sten fracassa son crâne contre le nez du soldat le plus proche. Il frappa à coups de poing et de pied pour se libérer, jetant les hommes par-dessus son épaule comme des sacs de farine. Puis, s'emparant d'une épée tombée, Sten attaqua ; il voulait du sang. Frère présumé d'Olga ou pas, cette brute allait saigner pour lui avoir fait du mal.

— Arrêtez-le ! hurla le commandant.

Sten se fraya un chemin à travers la vague de force qui tentait de l'arrêter, se rapprochant de plus en plus de l'homme qu'il voulait blesser. Sten n'avait pas remarqué qu'Olga s'était relevée jusqu'à ce qu'elle bloque une épée qui allait lui trancher la tête.

— Je m'occupe du commandant, cria Olga par-dessus le vacarme en renversant une table pour bloquer l'avancée des soldats.

C'était un combat général. Et il devint rapidement évident que, peu importe à quel point Olga et Sten étaient doués comme combattants, ils perdraient cette bataille et peut-être leurs vies.

— Olga, il faut qu'on parte ! cria Sten.

Olga ressentit une douleur aveuglante lui traverser le crâne lorsqu'un soldat la frappa à la tête avec une chaise. Elle tomba au sol et regarda avec horreur l'homme qu'elle soupçonnait être son frère désarmer Sten. Le temps sembla s'arrêter lorsqu'elle vit Sten tomber, le sang ruisselant sur son visage à cause d'une vilaine entaille sur son front.

L'homme tenait une épée et la leva haut, avec l'intention de tuer Sten. Olga sentit son cœur s'arrêter ; elle était trop loin pour bondir et l'aider. Elle fit la seule chose possible et pria les dieux que son plan fonctionne.

— Frère ! Arrête ! cria-t-elle.

Il se tourna vers elle et son visage se figea. Ses yeux s'écarquillèrent, voyant exactement ce qu'elle voyait, une image miroir de lui-même en elle. Il tenait son épée dangereusement proche de Sten mais ne pouvait détacher ses yeux d'Olga. L'incertitude flottait lourdement dans l'air.

— Attaque ! Nous sommes attaqués ! hurla une voix de l'extérieur.

Ce cri n'aurait pas pu venir à un meilleur moment, leur offrant une pause dans la bataille. Sten donna un coup de pied dans l'épée de l'étranger et balaya ses jambes par en dessous.

— Des Vikings ! Des Nordiques ! Ils sont partout. Aux armes ! crièrent les voix de l'extérieur.

Traversant la pièce en courant, Olga se précipita vers l'homme qu'elle avait cherché toute sa vie – Un homme qui pouvait la libérer de ses peurs de solitude et lui donner la famille qu'elle avait toujours désirée. Sten. C'était toujours Sten. L'aidant à se relever, elle se dirigea vers la porte.

Les cris disaient vrai ; la cavalerie était arrivée. Des Vikings de la Pointe chargeaient depuis le rivage derrière les arbres, et des forces combinées de la colonie nordique arrivaient du village voisin. Quand Olga et Sten n'étaient pas revenus avec des nouvelles, leurs compagnons s'étaient inquiétés. Il n'avait pas fallu longtemps avant que la rumeur se répande qu'une force viking traversait la campagne. De là, ils avaient repéré l'agitation dans le camp britannique, sachant qu'Olga et Sten devaient être au cœur du problème.

L'étranger fixait Olga qui partait. Finalement, leurs regards se croisèrent. Et la réalisation frappa Olga comme un mur de briques. Elle avait cherché toute sa vie son frère disparu et avait construit dans son esprit une image de leurs retrouvailles. Mais cet homme n'était pas le frère dont elle avait rêvé. Il ne ferait jamais partie de son peuple ; il était britannique. L'ennemi.

Dehors, des flèches enflammées illuminaient le ciel nocturne, et les cris de mort résonnaient dans tout le camp tandis que les Vikings déployaient toute la puissance d'Odin pour protéger les leurs. Olga passa le bras de Sten autour de ses épaules, utilisant son poids corporel pour les porter tous les deux. Il était blessé, et elle devait l'éloigner avant qu'ils ne soient attaqués.

— Attendez ! cria une voix britannique épaisse empreinte de curiosité.

Olga ne s'arrêta pas. Elle devait protéger Sten comme il avait essayé de la protéger. Une grande main saisit son épaule, la forçant à s'arrêter.

— Tu m'as appelé frère, dit l'homme.

— En effet, répondit Olga.

— Es-tu ma sœur ? demanda-t-il, confus.

— Je crois que oui, acquiesça Olga.

Olga regardait son frère, attendant sa réaction. Mais il restait là, l'examinant ; la douleur remplissait ses yeux, tout ce qu'il avait toujours connu brisé par un seul mot.

— On ne peut pas rester ici. Nous allons nous faire tuer. Viens avec moi, supplia Olga, espérant contre tout espoir qu'il accepterait.

Le visage de l'étranger se durcit, et le moment d'incertitude fut perdu à jamais. Il ne regardait plus Olga avec curiosité. Il ne la regardait plus comme le reflet de lui-même. Il ne voyait plus que l'ennemi.

— Nous avons le même visage, toi et moi, mais ta mère ne t'a pas abandonnée pour mourir. Alors, je t'accorde cette unique clémence. Fuis. La prochaine fois que nous nous rencontrerons, je ne serai pas aussi indulgent, dit-il en tournant les talons, laissant le monde d'Olga se briser autour d'elle.

Olga resta immobile à le regarder partir. Le monde devint silencieux autour d'elle. Elle avait accompli sa mission. Elle avait trouvé l'homme qu'elle croyait être son frère, et il l'avait rejetée.

— Olga, nous devons partir, insista doucement Sten.

— J'ai presque... tu as raison, viens, dit Olga, son esprit désormais concentré sur sa nouvelle mission - Sortir du camp avec Sten. Vivants.

ÉPILOGUE

LA FORCE COMBINÉE du Point et des Norrois avait forcé les Britanniques à fuir leur propre camp. Le commandant s'était échappé, mais cela n'avait pas d'importance. Les Britanniques avaient reçu le message haut et clair. Il ne fallait pas se frotter aux Vikings.

De retour au Point, Olga et Sten avaient rapporté leurs découvertes. Et Olga s'était retirée du groupe peu après. Elle n'avait plus été la même depuis cette nuit-là. Elle se sentait comme une ratée. Elle avait trouvé son frère et l'avait perdu la même nuit. Toute sa vie, elle avait rêvé de retrouver ce lien perdu, d'avoir du sang proche. Au lieu de cela, il l'avait vue uniquement comme son ennemie ; il ne connaissait pas son cœur. Il leur avait fait la faveur de les laisser s'échapper, elle et Sten, mais la menace était claire. Il n'hésiterait pas à la tuer s'ils se rencontraient sur le champ de bataille.

Sten trouva Olga debout sur la rive, le regard perdu vers leur terre natale. Elle avait fait cela chaque jour depuis son retour, espérant que les vagues lui apporteraient les réponses, mais peu importe combien de temps elle attendait, les réponses ne venaient pas.

Sten était assis dans la hutte d'Olga à l'attendre, jugeant préférable de lui donner le temps nécessaire pour faire son deuil. Sten eut l'impression d'avoir attendu toute la journée avant qu'Olga ne revienne enfin, le soleil couchant la baignant d'une lumière dorée lorsqu'elle ouvrit la porte.

— Sten, dit Olga, surprise de le voir.

— Tu as été souvent absente ces derniers temps. Je suis venu voir si tu allais bien.

— Je vais bien, mentit Olga.

Sten s'approcha et prit son visage entre ses mains.

— Ta bouche peut prononcer ces mots, mais tes yeux me disent que tu mens, parla doucement Sten.

— Que veux-tu que je te dise, Sten ? Nous avons échoué. J'ai échoué.

— Comment ? demanda Sten.

— J'ai trouvé et perdu mon frère en un seul souffle. Nous n'avons même pas été très utiles pour notre mission.

— Nous avons pu voir le commandant et plusieurs officiers. Je dirais que c'était une bonne découverte.

— Nous avons dû être secourus, Sten. Comment pourrait-on nous faire confiance à nouveau si nous échouons à une mission aussi simple ? Même Ulster a réussi à leur échapper, se plaignit Olga. Mais nos gens sont venus nous sauver parce qu'ils s'inquiétaient pour nous deux.

Sten la regarda, ne croyant pas ses paroles.

— Ils ont peut-être été durs au début, mais notre peuple tient aussi à toi, sourit Olga.

Sten l'attira contre lui, l'enveloppant dans ses bras, ne voulant jamais la laisser partir. Elle lui avait donné tout ce qu'il avait toujours voulu ; l'acceptation de qui il était, une autre âme pour voir son cœur.

— Je suis désolé pour ton frère, dit Sten en embrassant sa tête.

Olga resta silencieuse, ressassant ses pensées. Elle avait été trop occupée à se souvenir de son rejet pour considérer la situation dans son ensemble.

— Il a hésité. Il aurait pu nous tuer tous les deux, mais il nous a laissés partir. Donc, il y a peut-être encore une chance de le faire changer d'avis, sourit Olga.

— Voilà l'état d'esprit qu'il faut, encouragea Sten.

— Pour l'instant, je devrais me concentrer sur des choses plus importantes, continua-t-elle.

— Comme quoi ? demanda Sten.

— Nous sommes ensemble, en sécurité. Je dois admettre que j'ai plutôt apprécié notre partenariat. Nous formons une bonne équipe, rougit Olga.

— La meilleure, sourit Sten en retour.

Olga l'attira contre elle, posant ses lèvres sur les siennes un moment avant de le guider doucement plus profondément dans sa demeure.

— Je peux penser à un autre partenariat que nous pourrions commencer, fit Olga avec un clin d'œil.

Sten rit mais ne l'empêcha pas de montrer le chemin.

— Nous avons eu des ennuis pour ça la dernière fois, tu te souviens ?

Le visage d'Olga devint sérieux, ses yeux voilés de désir. — Je vis pour les ennuis, grogna-t-elle, le poussant contre le mur.

Olga arracha la tunique de Sten, exposant son torse ; elle mordilla sa poitrine, s'agenouillant lentement. Ses yeux ne quittèrent pas les siens tandis qu'elle le libérait taquine de son pantalon, griffant ses cuisses de ses ongles. Ses cuisses étaient l'une de ses parties préférées. Elles étaient fortes, définies. Et elle se souvenait de cette nuit à l'auberge où elle les avait fait trembler d'un simple toucher.

Sten regarda alors qu'elle le prenait dans sa main, taquinant, caressant, ouvrant sa bouche, le prenant lentement. Sten aspira une bouffée d'air, agrippant ses cheveux tandis qu'elle roulait sa langue de haut en bas sur son sexe. Sten la regardait travailler ; lentement, elle le prenait plus profondément. Il pouvait se sentir au fond de sa gorge alors qu'elle le suçait plus profondément. Il adorait la regarder lui procurer du plaisir, la joie dans ses yeux quand elle l'affaiblissait. Habilement, Olga le massait de sa langue. Tendant la main, Olga le caressait en même temps, s'assurant que tout son être recevait une part d'elle ; ses genoux commencèrent à trembler alors que son plaisir montait en lui.

Sten gémit, murmurant son nom tandis qu'elle s'activait. Finalement, il ne pouvait plus se retenir. Elle était si bonne, et elle prenait autant de plaisir à l'acte que lui, ce qui rendait tout plus jouissif. Finalement incapable de contrôler la force qui montait en lui, Sten répandit sa semence, sentant que ses jambes allaient céder sous lui. Olga se leva, gardant les yeux sur lui alors qu'elle se léchait les lèvres et nettoyait les restes de son extase.

— Par les dieux, femme..., haleta Sten.

Sans un mot de plus, Sten souleva Olga dans ses bras et l'emmena rapidement au lit. Arrachant ses vêtements, il l'allongea. Il l'attira au bord du lit, écarta largement ses jambes et les reposa sur ses épaules. Il voulait qu'elle ressente le plaisir fou qu'elle lui avait donné quelques instants plus tôt.

Sten mordilla l'intérieur des cuisses d'Olga avant que sa langue ne caresse lentement son ouverture, goûtant son plaisir de l'avoir satisfait. Elle avait un goût sucré comme le miel et le vin ; Sten en voulait plus. L'écartant davantage, il la taquina, flattant, suçant et léchant jusqu'à ce que les genoux d'Olga tremblent. Olga tendit la main vers lui, tenant sa tête en place, ne voulant pas que ses taquineries cessent.

Sten glissa ses doigts à l'intérieur au même moment. Olga tressaillit contre sa bouche tandis que des sensations nouvelles s'emparaient d'elle. Elle projeta ses hanches en avant, voulant plus, ayant besoin de plus. Olga gémit ; son corps semblait en feu alors qu'une chaleur se propageait de son entrejambe jusqu'à son ventre. Glissant sa main libre sur sa poitrine, Sten saisit son sein. Il pinça et taquina ses tétons. Olga gémit plus fort, ses tétons avaient désiré ardemment son toucher. Il lui envoya des frissons le long de la colonne vertébrale. Chaque nerf de son corps chantait tandis qu'il accélérait les mouvements de sa bouche et de ses doigts. Olga convulsa contre lui. Vague après vague, l'extase la secoua jusqu'au plus profond de son être.

— J'ai besoin de plus, Sten, haleta Olga, ressentant une faim nouvelle qu'elle n'avait jamais éprouvée auparavant.

— Alors prends-le, gronda Sten.

Olga se laissa glisser au sol avec lui ; chevauchant ses hanches, elle grimpa sur lui et descendit lentement sur son sexe épais, impatiente de l'accueillir. Olga commença à onduler des hanches, se soulevant et glissant sur toute sa longueur, sentant chaque centimètre. Sten massait ses seins, effleurant du bout de la langue ses tétons douloureux. La sensation rendait Olga folle ; elle rebondissait sur lui, sentant leur plaisir croître tandis qu'elle pulsait autour de lui. Finalement, Olga cria, son plaisir atteignant une nouvelle intensité alors qu'elle chevauchait plus fort, sentant chaque partie de lui.

Sten gronda son plaisir à l'oreille d'Olga. Un grognement primitif qui lui parlait d'une manière qui commandait sa délivrance. Prenant ses cheveux entre ses mains, cambrant son dos, Sten suça son cou. C'était tout ce qu'il fallait pour qu'Olga crie son nom. Olga se contracta autour de lui alors que ses fluides les trempaient tous les deux avant qu'elle ne s'effondre, haletante, dans les bras accueillants de Sten. Alors qu'ils gisaient, essoufflés, Sten pensa que cela pourrait être le début de quelque chose de spécial.

FIN

PIER - ALLIÉ À L'ENNEMIE

ROMANCE HISTORIQUE TORRIDE SUR LES VIKINGS

PROLOGUE

Pier en avait assez que son chef, Lars, passe autant de temps dans la colonie nordique. Alliance ou pas, le Point avait besoin de lui. Alors, quand personne d'autre ne sembla partager les inquiétudes de Pier, il voyagea seul jusqu'à la colonie nordique pour ramener Lars. Après presque deux jours de chevauchée, Pier arriva juste au moment où le reste des forces revenait de ce qui semblait être une bataille acharnée.

Les blessés arrivaient sur des civières tirées par des chevaux. La foule avait un air de victoire, mais l'ambiance était sombre. Les blessés étaient nombreux. En tête du groupe chevauchaient Lars, Triska et les deux espions que tout le monde s'était précipité pour sauver.

Que s'est-il passé ? pensa Pier en observant depuis le bord de la porte.

Tous ceux qui n'étaient pas partis acclamaient leur arrivée. Des guerriers gravement blessés s'accrochaient à la vie. Des combattants furieux avec des blessures superficielles retrouvaient de l'entrain grâce au soutien de leurs frères. Ils avaient l'air d'avoir traversé beaucoup d'épreuves, pourtant ils se félicitaient mutuellement, revenus côte à côte. Nordiques et Danois agissaient comme de vieux amis.

Pier regarda Lars entrer à cheval, souriant comme un chiot amoureux à la femme nordique connue sous le nom de Triska. Elle était une distraction ; une distraction que Pier n'appréciait pas. Pier scruta la foule. Les gens s'embrassaient ; Nordiques et Danois échangeaient de tendres baisers et s'entraidaient. Alliance ou pas, Pier n'arrivait pas à comprendre ce spectacle. Comment pouvaient-ils tous oublier si facilement les bains de sang entre leurs peuples ? Comment des générations d'histoire pouvaient-elles être effacées en un instant ?

Pier croisa fermement les bras sur sa poitrine, secouant la tête avec incrédulité et désapprobation. Il avait déjà une liste de choses à discuter avec Lars. Plus il observait l'interaction, plus il voyait de problèmes. En scrutant et en grimaçant devant cette scène qui lui retournait l'estomac et faisait bouillir son sang, il remarqua qu'il n'était pas le seul à regarder.

Soudain, Pier se retrouva distrait, ignorant les guerriers qui peinaient à marcher et demandaient de l'aide. À la place, il traversa la foule pour mieux voir. Ses yeux se posèrent sur une belle femme qu'il n'avait pas vue depuis son arrivée quelques jours plus tôt.

Elle se tenait droite, portant une simple robe et un tablier. Elle portait une cape sur ses épaules, le capuchon drapé sur ses cheveux bruns et doux. Ses cheveux balayaient son visage en vagues avant de se poser sur ses épaules. Elle n'était pas arrivée avec les guerriers. Était-elle peut-être une fermière ? Ou une guérisseuse ? Pier ne savait pas mais voulait le découvrir. Plus il s'approchait, plus il était fasciné. Elle avait une peau aussi pâle que la neige de son Danemark natal, mais des lèvres aussi rouges que le sang qui coulait dans ses veines. Ses yeux étaient petits, angulaires, en forme d'amande avec une teinte de vert comme des feuilles d'automne tombées. Elle était comme rien que Pier n'avait jamais vu, et il désirait ardemment connaître son nom.

En s'approchant, Pier se retrouva bloqué par un chariot transportant des soldats gémissants et blessés sur son chemin. Pier se déplaça à gauche et à droite, essayant de se frayer un chemin vers elle, mais le destin continuait à s'interposer. La belle femme se tourna vers une amie à ses côtés.

— Combien y a-t-il de blessés ? demanda-t-elle.

À ce moment, Pier sentit la bile monter et brûler dans sa gorge. Son accent lui disait tout ce qu'il avait besoin de savoir sur elle. Elle était nordique. Pier cracha sur le sol avec dégoût, poussant l'air par son nez. Comment pouvait-il être attiré par une femme nordique ? Lars avait peut-être succombé à leur sorcellerie, mais Pier se jura qu'il ne le ferait jamais. La déception envers lui-même remplit l'air environnant tandis qu'il se détournait. Peut-être que beaucoup de ses compatriotes danois avaient oublié quel peuple perfide et méprisable étaient les Nordiques, mais pas Pier.

CHAPITRE 1

— MA DÉCISION EST SANS APPEL, Kindra. Je n'accepterai plus que l'on remette ma parole en question, déclara Triska en congédiant Kindra d'un geste de la main.

— Oui, Triska, s'inclina Kindra, heureuse de pouvoir prendre congé.

La rencontre avec Triska ne s'était pas bien passée, laissant Kindra contrariée, frustrée et remplie de colère. Kindra était la guérisseuse norse depuis avant même le voyage depuis la Norvège. Son avis avait toujours été valorisé, et jamais Triska ne l'avait remise en question ou traitée comme une subalterne.

Kindra remonta sa capuche et traversa furieusement la colonie en direction de la hutte des guérisseurs. Elle ignora les protestations des gens qu'elle bousculait sur son passage, ne regardant pas où elle allait. Triska semblait plus préoccupée par les Danois que par son propre peuple. Kindra rejouait dans son esprit la conversation avec sa chef.

— Triska, nos réserves d'herbes et de potions s'amenuisent. Avec tous les blessés, je ne peux pas détacher du personnel pour aller en récolter davantage. Je devrais donner la priorité à notre peuple, avait commencé Kindra.

— Bien que je respecte ton point de vue, Kindra, il y a plus de Danois que de Norses blessés après cette dernière bataille. Certains plus gravement que d'autres. Nous honorons notre alliance en tous points. Ils nous ont aidés à défendre et reconstruire notre foyer. Le moins que nous puissions faire est de soigner leurs blessés.

— Avec tout le respect que je vous dois, Triska, pourquoi les Danois ne peuvent-ils pas s'occuper d'eux-mêmes ? avait grogné Kindra, s'attirant un regard acéré des vierges au bouclier danoises qui formaient le conseil de guerre.

— Ça suffit, Kindra ! Ma décision est sans appel. Je t'ai donné un ordre !

Kindra marmonnait en se frayant un chemin à travers un petit rassemblement de troupes danoises, ignorant les paroles courroucées qu'ils lui adressaient pour avoir interrompu leur conversation. Si les Norses pouvaient s'occuper d'eux-mêmes, Kindra ne doutait pas que tout irait bien. Cependant, elle ne comprenait pas pourquoi Triska insistait pour traiter tout le monde de manière égale. Certes, les Danois avaient aidé, mais les Norses avaient également offert leur aide quand les Danois en avaient eu besoin. Et Kindra n'avait pas vu ni entendu dire que les Danois faisaient les mêmes efforts. Les Danois n'avaient-ils pas leurs propres guérisseurs ?

Maugréant ses frustrations, Kindra faillit percuter un troupeau de chèvres qui errait dans la colonie. Puis, après s'être rapidement écartée en évitant les animaux, elle tourna à un angle et heurta de plein fouet quelque chose de dur.

Se ressaisissant, elle leva les yeux pour voir un guerrier qui la dominait de toute sa taille. Elle était plus grande que la plupart des femmes de la colonie, aussi fut-elle étonnée de voir un homme plus grand qu'elle. En observant mieux son visage, elle le reconnut. C'était celui qui l'avait fixée pendant la parade d'accueil. Elle n'avait pas remarqué où il était allé, mais avait noté comment il s'était frayé un chemin parmi les blessés pour essayer de la rejoindre.

Il avait d'épais cheveux noirs attachés en arrière avec quelques mèches qui tombaient dans ses yeux, et les yeux les plus profonds, d'un bleu presque blanc. Une cicatrice s'étirait en diagonale sur son visage, témoignant d'anciennes batailles et de son honneur. Un nez épais et intense et une courte barbe noire encadraient sa mâchoire et ses lèvres, ces lèvres vers lesquelles Kindra se surprit à porter son regard. Son estomac se noua comme en mer, mêlant excitation et peur.

Son cœur battait un peu plus vite. C'était la plus belle créature qu'elle ait jamais vue. Elle lui sourit et rougit quand ses yeux croisèrent les siens.

Son attirance s'évanouit lorsque son visage, autrefois doux et plein d'émerveillement, se transforma en une expression de pur dégoût et de mépris. Puis, lui adressant un rictus méprisant, il la dépassa brutalement, la heurtant à l'épaule. Kindra resta sans voix, se retournant pour le regarder s'éloigner furieusement. Aucun homme ne l'avait jamais regardée ainsi. Qu'avait-elle fait pour l'offenser ? Soudain, l'homme étreignit un frère d'armes - l'un de ceux qui avaient voyagé depuis le Point. Un Viking. Un Danois.

Kindra grommela pour elle-même ; elle se dirigea rapidement vers le camp des guérisseurs. Comment avait-elle pu sourire à un Danois ? Elle se reprocha de lui avoir accordé plus qu'un instant d'attention, se réprimandant davantage à mesure qu'elle pensait à lui.

— Stupides Danois. Cette guerre doit finir pour qu'ils partent. Le plus tôt sera le mieux ! lança Kindra à voix haute, ignorant les regards inquiets qui la suivaient tandis qu'elle marchait.

CHAPITRE 2

ELLE S'ÉTAIT PRÉCIPITÉE contre sa poitrine. Avant qu'elle ne lève la tête, leurs mains s'étaient touchées pendant une seconde. Ce n'était qu'une seconde, un contact délicat, peau contre peau. Alors pourquoi sa main brûlait-elle de désir ? Pourquoi sa main semblait-elle réclamer son contact ? Tandis qu'il s'éloignait à grands pas, Pier pouvait sentir ses yeux félins le transpercer. Il pouvait sentir qu'elle le regardait partir mais se força à ne pas se retourner, se rappelant qu'elle était Norse. Pourquoi était-il soudain si conscient qu'elle partageait son espace ? Respirait le même air ? Buvait la même eau ? Chassant cette pensée, Pier dirigea son esprit vers d'autres choses.

Lars avait refusé de partir avec lui et de retourner au Point. Leur discussion animée avait presque dégénéré en bagarre. Rejouer cela dans son esprit était une distraction bienvenue face à la beauté dont le doux parfum de fleurs et d'herbes emplissait encore les narines de Pier.

—Lars, vous êtes notre chef. Nous avons besoin de vous au Point. Comment pouvez-vous négliger votre position ? Et pour une Norse qui plus est, siffla Pier.

—Parlez d'elle sur ce ton encore une fois, et je vous arracherai la gorge ! rétorqua Lars.

—Lars, soyez raisonnable...

—Souhaitez-vous me défier pour le commandement de notre peuple, Pier ? aboya Lars, réduisant Pier au silence.

—Quoi ?... non...

—Alors connaissez votre place. J'ai laissé le Point entre des mains compétentes.

—Lars ! Nous sommes en guerre ! insista Pier.

—Pensez-vous que je sois aveugle, Pier ? D'où pensez-vous que je reviens ? Les Britanniques sont maintenant nos ennemis, pas les Norse. Nous avons formé une alliance. Si vous ne pouvez pas l'accepter, vous avez le choix. Défiez-moi pour le commandement ou retournez au Danemark par bateau. Que choisissez-vous ? exigea Lars, nez à nez avec Pier.

—Pardonnez-moi, Lars, s'inclina Pier avant de prendre congé.

Pier ne s'était jamais senti appelé à diriger. Il n'avait jamais voulu commander des hommes suspendus à ses moindres paroles. Et la vérité, c'est qu'il savait que s'il défiait Lars, il mourrait en combattant pour une position qu'il ne désirait pas. Pourtant, Pier se retrouvait à questionner la capacité de Lars à diriger. Qui se souciait que la colonie Norse soit détruite ? Ils devraient détruire les Norse et les Britanniques, deux ennemis d'un coup, montrant au monde qui étaient les vrais guerriers.

Pier était distrait par ses sentiments contradictoires envers Lars et par la façon dont sa peau le démangeait d'avoir été si proche de la femme Norse dont l'image lui brûlait encore les yeux. Pier devait retourner au Point. L'air libre de la colonie n'était pas suffisant ; plus il restait, plus il sentait qu'il ne pouvait pas respirer et pourrait mettre le feu à tout l'endroit pendant que tout le monde dormait.

Se dirigeant vers les portes de la colonie, Pier vit un cheval errant seul. Déjà sellé, il le prit comme un signe des dieux. Sautant sur le cheval, Pier sut qu'il avait commis une erreur. Sa première erreur était de sauter sur un cheval qui ne le connaissait pas. Une chose que Pier aimait chez les chevaux, c'était leur loyauté. Ce cheval lui était inconnu, et il l'était pour l'animal. Mais sa plus grande erreur fut de ne pas vérifier si la selle était bien fixée avant de monter.

Surpris par un étranger sur son dos, le cheval se cabra. Sa selle glissa, emportant Pier avec elle. Pier tenta de s'accrocher aux rênes, essayant tout ce qu'il pouvait pour rester sur le cheval, mais en vain. Il tomba au sol dans un fracas, atterrissant maladroitement sur son bras.

La douleur le traversa, faisant blanchir sa vision, et un craquement sonore l'alerta sur la gravité de sa blessure.

Non seulement il s'était cassé le bras, mais une pointe de flèche égarée, oubliée lors du nettoyage de la dernière attaque et enfouie dans la terre, lui entailla la main. La coupure était longue et profonde, tranchant les muscles et exposant l'os. Pier se maudit à haute voix pour avoir commis une erreur aussi puérile.

—Est-ce que vous allez bien ? demanda un passant, accourant à son aide.

—Il saigne, s'inquiéta un autre.

—J'ai affronté bien pire que cela, dit Pier, minimisant ses blessures comme si ce n'était qu'une égratignure.

La douleur le traversait par vagues, lui donnant la nausée. C'était la même nausée qu'il avait ressentie la première fois sur un navire quand il était jeune garçon, avant d'avoir le pied marin. Clignant frénétiquement des yeux, il força son esprit à rester concentré de peur de s'évanouir.

—Vous pouvez à peine vous tenir debout. Venez, nous allons vous emmener chez le guérisseur, insista son sauveur.

Les deux personnes tentèrent de le saisir, mais Pier recula. C'était un homme fier, n'acceptant jamais l'aide des siens, alors il était encore moins enclin à recevoir de l'aide des Norse.

—Ne me touchez pas, ou je vous arracherai le bras, grogna Pier, faisant reculer la jeune femme.

—J'aimerais bien vous voir essayer avec un bras mutilé comme ça, lança sèchement la femme plus âgée que Pier supposait être sa mère. Arrêtez d'être si fier et venez avec nous ou je vous mettrai à terre et vous traînerai là-bas moi-même.

Alors que la douleur s'intensifiait et que la femme plus âgée refusait de céder, Pier grogna et leva les yeux au ciel. Puis, admettant sa défaite, il accepta.

Le camp des guérisseurs était une petite section près des portes composée de plusieurs huttes moyennes, toutes reliées par un tunnel de tentes. Plusieurs tentes plus petites avaient été érigées autour des huttes, et des guérisseurs s'affairaient portant des chiffons ensanglantés et des collections d'herbes. Des cris de douleur et les gémissements des mourants résonnaient partout. Comme le chant des oiseaux au premier matin, c'était le véritable son de la bataille.

—Kindra, nous en avons un autre pour vous. Un idiot qui a essayé de monter le cheval d'un inconnu sans vérifier la selle, ricana la femme plus âgée.

Entrant dans la tente plus grande, Pier regarda autour de lui. Elle était pleine de lits. Des guerriers des deux camps étaient allongés côte à côte. Jambes cassées, coups de poignard à l'estomac, têtes fracassées, et même un homme à qui il manquait un œil. Les yeux de Pier allaient de droite et de gauche ; il ne savait où regarder.

—Asseyez-le sur un lit vide, vint la réponse.

La guérisseuse Norse se retourna, du sang coulait sur son tablier et couvrait ses mains. Pier retint son souffle, face à face avec la femme à laquelle il n'avait cessé de penser. Et maintenant il connaissait son nom.

CHAPITRE 3

— A<small>SSIEDS-TOI LÀ-BAS</small>, grogna Kindra, en désignant un lit libre au fond de la tente.

— Je vais bien. Je n'ai pas besoin de ton aide, répondit le Danois.

Sa voix était comme du gravier et envoya un frisson le long de la colonne vertébrale de Kindra. Mais c'était aussi un rappel qu'il n'était pas l'un des siens. Pas très heureuse de devoir soigner encore un Danois, elle se détourna, l'ignorant, se dirigeant vers la table de l'autre côté de la tente, à la recherche d'herbes.

— Très bien. Je te reverrai quand cette blessure sera infectée, et je t'amputerai la main, sourit-elle intérieurement.

Kindra l'entendit gémir, sa frustration égalant la sienne avant d'entendre le lit gémir sous son poids. Lentement, elle broya ensemble les graines, les huiles et les herbes. Ce qui était habituellement un mélange rapide à préparer, elle décida de prendre son temps et de le faire attendre. La façon dont il l'avait regardée plus tôt dans la journée combinée à son air renfrogné à son arrivée fit penser à Kindra qu'il pourrait gérer sa douleur seul pendant quelques minutes de plus.

Kindra rassembla de l'eau, du fil, une aiguille et quelques chiffons avant de s'aventurer enfin à s'asseoir à côté de lui. Le Viking se protégea quand elle s'approcha comme si son simple toucher pouvait le brûler vif. Puis, roulant des yeux, elle saisit son bras, obtenant un autre moment de satisfaction au gémissement de douleur qui s'échappa de ses lèvres. Le bras était effectivement cassé, mais c'était une réparation assez simple. La blessure à sa main était un tout autre problème.

— Tu as bien fait de les laisser t'amener ici. Si ce bras n'est pas remis en place maintenant, il guérira mal, et tu ne pourras plus manier une épée, proposa Kindra, le quittant un instant pour prendre deux bâtons et de la corde.

— Je peux combattre des deux mains, répliqua-t-il fièrement.

— La plupart dans ce camp le peuvent, mais tu as besoin de tes deux bras pour pouvoir le faire, rétorqua-t-elle.

— Je vais d'abord soigner cette blessure avant de remettre le bras en place, continua Kindra, en trempant un chiffon dans de l'eau.

— J'ai connu des blessures pires que celle-ci.

— Je n'en doute pas. Si je ne me trompe pas, on dirait que tu essaies de compléter ta collection.

L'homme la regarda, confus.

— Une collection de cicatrices ? Comme celle qui traverse ton visage ? C'est une blessure plutôt déchiquetée ; elle devrait s'y accorder, plaisanta Kindra, mais l'homme ne trouva pas son commentaire amusant.

Il grimaça de dégoût avant de détourner le visage.

— Recouds-moi simplement pour que je puisse partir. Je dois retourner au Point.

— Pier ! Quelqu'un d'autre peut aller donner mon rapport. Avec un bras comme ça, tu ne peux pas monter à cheval, tonna Lars en entrant dans la tente.

La nouvelle de l'accident de Pier était parvenue à ses oreilles d'une manière ou d'une autre. Lars se tenait là, examinant Pier en secouant la tête.

— Peut-être devriez-vous faire votre devoir et y aller vous-même au lieu d'envoyer les autres faire votre sale boulot, gronda Pier.

Kindra fut secouée par son commentaire envers son commandant, le piquant plus fort que prévu alors qu'elle recousait sa main, le faisant grimacer et grogner vers elle une fois de plus. Elle se demanda si c'était la seule façon dont il la regarderait jamais, et si c'était le cas, l'idée lui traversa l'esprit qu'elle devrait le poignarder à nouveau.

Continuant à coudre silencieusement, Kindra ne put s'empêcher d'observer l'échange entre Pier et son commandant. Lars était devenu raide et son visage dur comme la pierre. Il était clair qu'il essayait de contrôler son tempérament, mais ses yeux fulminaient face à son subordonné lui parlant de cette façon, surtout en présence d'autres personnes.

— Je vais mettre cette remarque sur le compte du coup que tu t'es donné à la tête à cause d'une erreur d'enfant, ne pas vérifier une selle. J'attendais mieux de toi, ricana Lars avant de partir, sa fureur encore palpable dans l'espace qu'il occupait quelques instants auparavant.

— As-tu l'habitude de parler ainsi à ton commandant ? Qu'est-ce qui pourrait te mettre si en colère ? demanda Kindra, finissant de recoudre sa blessure et préparant son bras pour le remettre en place.

— Peu importe, gémit Pier.

Sans avertissement, Kindra tordit son bras et le tira droit. Le bras fit un clic audible, et avec lui, un fort gémissement à travers les dents serrées de Pier. Rapidement, Kindra fixa les bâtons de chaque côté, les enveloppant étroitement avec de la corde pour maintenir son bras droit.

— Désolée, j'aurais dû te donner ça pour que tu mordes dessus, dit Kindra, tendant un petit bâton à mordre.

Sans un mot, Pier essaya de se lever, se préparant à partir, ne voulant pas rester un instant de plus. Le choc et la douleur d'avoir des os cassés et remis en place en si peu de temps firent tourner la tête de Pier. Il fit un pas et s'arrêta net, clignant rapidement des yeux et respirant lourdement. Il tendit la main pour chercher quelque chose pour se stabiliser avant que ses genoux ne commencent à céder sous lui.

Kindra passa à l'action, l'agrippant avant qu'il ne s'écrase au sol et ne se casse à nouveau le bras. Elle était plus forte qu'elle n'en avait l'air et le soutint avec facilité. Instinctivement, Pier enroula son bras autour d'elle pour se stabiliser, la tirant près de lui. Ils restèrent ainsi un moment pendant que Pier retrouvait son équilibre.

— Tu dois t'asseoir, souffla Kindra, levant les yeux vers lui, se perdant dans ses yeux bleu pâle.

— Je vais bien, répondit-il, mais sa voix était tremblante.

— C'est ce que tu ne cesses de dire.

Kindra frissonna ; elle n'avait pas été aussi proche de lui depuis qu'elle s'était écrasée contre sa poitrine plus tôt. Mais même alors, ils s'étaient à peine touchés. Maintenant, elle se retrouvait dans ses bras, et à sa surprise, elle aimait cette sensation. Aucun des deux ne fit un geste vers le lit. Leurs yeux étaient verrouillés. Il n'avait plus le rictus de dégoût ou le mur qui le protégeait. Son masque était tombé, et son visage avait un regard plus doux – le regard d'un homme hypnotisé par le visage qui le fixait. Il n'y avait ni malice ni haine, seulement de simples nuances de quelque chose que Kindra sentait germer en elle-même. Était-ce de la curiosité ou du désir ?

CHAPITRE 4

— Venez, murmura Kindra, le ramenant lentement vers le lit, vous devez vous reposer.

— Je vais être...

— Bien ? Je commence à me lasser d'entendre cela. Vous ne voulez peut-être pas me croire, mais vous avez perdu une quantité importante de sang à cause de cette main, ce qui vous affaiblit, dit doucement Kindra.

Pier prit offense d'être qualifié de faible. Il était loin d'être faible et ne laisserait pas un bras cassé et une entaille à la main l'arrêter dans sa mission. Il ne permettrait certainement pas à une Norse, surtout une femme, de supposer de telles choses.

— Vous avez remis mon bras en place. Vous avez soigné ma main. Une coupe d'hydromel et un peu de ragoût me remettront d'aplomb, protesta Pier, essayant à nouveau de partir, mais à sa surprise, la guérisseuse était plus forte qu'elle n'en avait l'air.

Elle le ramena presque de force au lit, tournant la tête vers les deux guérisseuses vikings qui travaillaient avec elle pour demander leur aide, ce que Kindra n'était pas ravie de faire. Elle détestait les Danois ; demander de l'aide à ces derniers n'était pas quelque chose dont elle avait l'habitude.

Pier reçut un regard furieux de la part des siens, un regard qui le surprit. Comment pouvaient-ils prendre parti pour elle ?

— Je vous suggère d'écouter Kindra. C'est une guérisseuse formidable, et si elle pense que vous avez besoin de repos, c'est le cas, parla l'une des femmes.

Regardant en arrière, Kindra fit de son mieux pour faire comprendre à Pier à quel point elle se sentait suffisante. Il ne voulait peut-être pas l'écouter, mais il écouterait les siens. Lentement, Pier se réinstalla, s'allongeant sur le lit, permettant à Kindra de tirer une couverture sur lui pour le réchauffer.

— Je vais vous laisser vous reposer. Si vous avez besoin de quoi que ce soit, faites-le-moi savoir, dit Kindra, se retournant et continuant à porter secours aux autres.

Pier la regarda s'éloigner, et c'est seulement à ce moment qu'il vit l'ampleur réelle des blessés. Quand il était entré dans la tente, il n'avait aperçu qu'un bref aperçu de ceux qui s'y trouvaient. Chaque coin était rempli de personnes blessées. Un rideau au centre de la tente que Pier avait pris pour un mur bougeait dans la brise, révélant une autre pièce pleine de Norses et de Danois. Regardant autour de lui, Pier ne vit que Kindra et trois autres guérisseuses, une Norse et les deux Danoises qui lui avaient lancé un regard noir.

La gravité de la situation dans laquelle ils se trouvaient déferla sur Pier comme une vague. Quatre guérisseuses s'occupaient d'au moins cinquante blessés, et ce n'était que dans la tente. Pier se demanda combien d'autres résidaient dans les huttes et les tentes plus petites du camp des guérisseurs.

Ces blessés venaient de la dernière bataille, une bonne partie de leurs forces hors d'état de combattre. Pier s'inquiétait que si les Britanniques attaquaient de nouveau, il n'y aurait pas assez de forces pour riposter. Kindra et les autres couraient d'un lit à l'autre. Comment parvenaient-elles à soigner les malades ? Combien mourraient parce qu'il n'y avait pas assez de mains pour soigner leurs maux ?

Alors que les questions et les scénarios se jouaient dans son esprit, Pier dérivait lentement. Ses yeux s'alourdirent, son corps s'allégea jusqu'à ce que l'heure se fasse tardive et que le sommeil le gagne. Mais le repos ne vint pas facilement. Sa main brûlait, la peau donnant l'impression de se déchirer à nouveau chaque fois qu'il bougeait les doigts. Il se tournait et se retournait, essayant de trouver une position où son bras ne pulsait pas et ne faisait pas mal. Rien de ce qu'il essaya ne fonctionnait. La douleur ne lui permettait pas de dormir.

— Le sommeil ne vient pas ? demanda doucement Kindra, prenant soin de ne pas réveiller les autres patients.

Pier leva les yeux tandis qu'elle s'approchait, une bougie dans une main éclairant son chemin, et un mélange à l'odeur étrange dans l'autre. Pier garda les lèvres serrées, secouant la tête et grimaçant à la douleur qui traversait sa clavicule.

— Tenez, buvez ceci. Cela vous aidera à dormir et apaisera votre douleur, dit Kindra en lui soulevant la tête, pressant le petit bol contre ses lèvres.

Le liquide avait un goût rance et sentait bien pire. Si Pier avait eu la force mentale, il l'aurait recraché, mais il n'avait jamais bien toléré la douleur et était prêt à accepter n'importe quoi pour soulager sa souffrance.

— Que s'est-il passé ? Je n'ai pas vu autant de blessés revenir par les portes, demanda Pier.

Kindra tira un tabouret ; il y avait beaucoup à raconter. Son visage devint sombre, et ses yeux s'humidifièrent en regardant les personnes dans les lits environnants. Elle se souciait manifestement beaucoup des personnes dont elle s'occupait.

— Cette tente est pour les blessés de la dernière bataille au camp britannique. Les autres viennent des attaques précédentes. Même en envoyant des éclaireurs, les Britanniques nous ont échappé et nous ont attaqués plusieurs fois. Ils ont failli réduire cet endroit en cendres une fois. Lars et les autres sont venus et ont aidé à reconstruire, répondit Kindra.

Pier fronça les sourcils, se tournant et s'éloignant. Son visage se mit en colère à ses mots comme si ses paroles l'avaient personnellement offensé. Les Danois et les Norses n'étaient pas séparés dans le camp des guérisseurs. Ils étaient allongés côte à côte comme ils avaient combattu. Pier avait jeté un coup d'œil à quelques-unes des blessures de ses frères. L'un ne chevaucherait plus jamais au combat après avoir perdu sa jambe à partir du genou. Un autre avait perdu un œil. Un troisième luttait pour sa vie alors que la fièvre le gagnait ; ce n'étaient que quelques-uns qu'il pouvait voir.

— Pourquoi les Danois ont-ils dû être impliqués ? grommela Pier.

La guérisseuse ne répondit pas ; son visage resta impassible. Soit elle ne l'avait pas entendu, soit elle avait choisi de ne pas tenir compte de ses paroles.

— Ce n'est pas notre combat. Nous perdons du temps et des ressources à aider *votre* peuple au lieu de fortifier notre foyer. La Pointe est laissée sans défense pendant que Lars insiste pour perdre du temps avec cette femme norse, grommela Pier, cette fois Kindra l'entendit.

— Je ne porte aucun amour à votre espèce, ni à cette alliance, mais la nécessité s'impose. Nous avons un ennemi commun. Les Britanniques ne se soucient pas de notre histoire ou de savoir si du sang norse ou danois coule dans nos veines. Ils nous veulent tous morts, proposa Kindra.

— Huh, vous n'avez pas d'amour pour mon espèce ? Pourtant, c'est mon espèce qui vient à votre aide alors que votre peuple représente les monstres, grommela Pier.

— Vous êtes audacieux, Danois. Vous vous précipitez pour insulter les personnes qui pourraient aussi facilement vous empoisonner que vous aider, dit Kindra avec un léger sourire.

— Vous prouvez mon point, rétorqua Pier.

— Regardez-moi encore une fois de cette façon, et je ferai en sorte que ce soit permanent. Quel est votre grief contre les Nordiques ? demanda Kendra.

Pier se déplaça dans son lit, son visage crispé par l'inconfort. Était-ce la douleur de son bras ou les souvenirs douloureux qui le faisaient tant souffrir ? Kindra resta assise, attendant silencieusement. Pier lui jeta un bref regard, comprenant qu'elle n'avait aucune intention de partir avant qu'il ne réponde à ses questions. Pier soupira profondément, gardant les yeux fixés sur le plafond de la tente.

— J'étais un enfant. À peine un garçon capable de marcher seul. Mon plus ancien souvenir est un souvenir que je n'oublierai jamais – gravé dans mon esprit, hantant mes rêves pour toujours. Je m'étais aventuré dans le champ de ma famille. Ma sœur aînée s'occupait des chèvres. Ma mère l'aidait, mon frère coupait du bois, et mon père se remettait d'une bataille. Un groupe de pillards nordiques a chargé dans notre village. Nos guerriers étaient partis naviguer vers de nouvelles terres ; nous étions sans défense. Des femmes, des enfants et des blessés. Ils s'en moquaient. Ils prenaient plaisir à massacrer tout le monde. Ils ont forcé mon père à regarder pendant qu'ils tuaient ma mère et ma sœur. Il est mort en me protégeant ; cette cicatrice que vous vous êtes empressée de railler est un rappel constant de ce jour-là.

CHAPITRE 5

L'HISTOIRE de Pier était tragique. Kindra ressentait sa douleur, car elle était similaire à la sienne. Ne sachant pas quoi dire, elle s'occupa en mélangeant des potions et en assemblant des herbes. Kindra gardait un œil attentif sur Pier ; il n'avait pas bougé depuis qu'il avait révélé son histoire. Kindra se demandait pourquoi il avait soudainement ressenti le besoin de partager son passé avec elle. Elle n'avait jamais aimé les Danois, mais après avoir entendu les horreurs de son passé, son cœur s'ouvrait à lui. Pendant un instant, elle ne voyait pas un Danois. Elle ne voyait qu'un homme toujours aux prises avec les démons de son passé.

Son visage était de pierre, mais ses yeux s'humidifiaient. Kindra ne pouvait plus se retenir. Une envie de partager ses propres secrets la submergea. Il faisait peut-être partie du peuple qu'elle détestait, mais puisqu'il s'était confié à elle, elle sentait qu'elle lui devait la même courtoisie. Gardant son bol et son mortier en main, elle s'assit à côté de Pier, remarquant qu'il ne tressaillait pas à son arrivée cette fois. Écrasant ses herbes et les utilisant comme point focal, elle inspira profondément. Cela faisait si longtemps qu'elle n'avait pas parlé de sa douleur.

—Je ressens ta douleur et ta haine comme si c'était la mienne... parce que, en vérité, c'est le cas. J'ai lutté plus que la plupart avec cette alliance. Je n'éprouve ni amour ni admiration pour les Danois. D'après ce que j'ai vu, vous êtes aussi cruels et malfaisants que vous me croyez, moi et les miens, commença Kindra.

Pier tourna la tête pour la regarder ; curiosité et confusion peignaient son visage.

—Mon père est mort au combat avant ma naissance. Ma mère l'a rapidement suivi, me mettant au monde. Les parents de ma mère m'ont élevée. Ils étaient la seule famille que je connaissais ; ils étaient mon univers. Je m'en souviens encore aussi clairement que du soleil dans le ciel. Les champs ont brûlé d'abord, puis nos maisons. Des Danois ont saccagé notre village. Mon grand-père se tenait à la porte, sa hache à la main. Il a dit à ma grand-mère et à moi de fuir. Nous avons été forcées de nous enfuir pour survivre. C'est la dernière fois que je l'ai vu, dit Kindra, une larme égarée tombant et frappant sa main.

—Nous avons trouvé un nouveau foyer plus haut dans les montagnes, mais il y faisait froid, et la nourriture était difficile à trouver. Ma grand-mère était âgée et fragile, et j'ai dû grandir vite pour nous aider à survivre. Pendant des années, je l'ai écoutée. Sa haine pour les Danois s'est infiltrée dans mes veines. Ils lui ont tout pris. Son foyer, son amour, et tous les souvenirs et babioles qu'elle avait pour se rappeler ma mère et mon père. Les montagnes étaient trop dures pour elle ; elle est morte cet hiver-là. Les Danois m'ont tout pris, croassa Kindra.

Elle essayait de ne pas pleurer, essayant de contenir ses émotions. Mais c'était la première fois qu'elle en parlait à quelqu'un. Elle avait gardé sa douleur, incapable de faire son deuil depuis si longtemps. Revivre ces souvenirs qui hantaient ses rêves faisait naître la peur dans son estomac. Les Britanniques feraient-ils la même chose ?

Soudain, elle sentit la main de Pier sur la sienne. Surprise, elle releva brusquement la tête pour lui faire face. Pier la regardait, et elle savait. Il comprenait sa douleur. Il ne la blâmait plus pour les méfaits du passé. Voyant la compréhension et, oserait-elle dire, l'empathie dans ses yeux, elle ne le tenait plus pour responsable des erreurs de son peuple. Il était... différent ? Elle ne s'autoriserait pas cette pensée. Une fois Danois, toujours Danois. Alliance ou pas, elle ne pouvait pas surmonter son histoire. Le dire à haute voix le confirmait. On ne pouvait pas faire confiance aux Danois.

—Je devrais y aller. Il y a des tâches à accomplir, murmura Kindra, les sortant de leur transe.

Pier ne dit rien. Il se sentait honoré qu'elle lui ait dévoilé son âme, même s'il ne comprenait pas pourquoi. Son histoire était si proche de la sienne qu'il comprenait sa haine. Pourtant, quelque chose chez elle l'appelait. Quelque chose lui disait qu'elle n'était pas comme les autres. Malgré sa haine des Danois, elle s'occupait d'eux avec soin et respect. Elle n'était en rien comme les monstres de ses cauchemars. Au contraire, elle était gentille, douce, déterminée et une guérisseuse compétente.

Comment puis-je admirer une femme norse ? M'aurait-elle donné une potion ? pensa Pier.

Pier ne pouvait détacher ses yeux d'elle. Il l'observait avec suspicion, compréhension et admiration. Tellement en conflit, il aurait dû se détourner mais trouvait que ses sentiments contradictoires ne faisaient qu'accroître son désir pour elle. La regarder était apaisant - si paisible et calmant qu'il finit par s'endormir.

CHAPITRE 6

BIEN REPOSÉ, Pier se réveilla. En s'examinant, il constata que Kindra avait soigné sa blessure pendant son sommeil, appliqué un onguent sur son bras douloureux et l'avait solidement bandé. Pier ne connaissait pas grand-chose aux herbes ou à leurs mélanges. Il n'avait aucune idée de ce que Kindra avait appliqué. Mais quoi que ce fût, cela avait fait l'affaire. Il se réveilla avec seulement une douleur sourde qu'il savait pouvoir gérer.

Il se souvint de son histoire en examinant sa main. Son histoire était tout aussi tragique que la sienne. Elle avait été laissée à elle-même si jeune, seule au monde entre les mains des autres. Il pouvait comprendre sa frustration envers les Danois ; elle reflétait la sienne envers le peuple de Kindra. Il connaissait la solitude, la peur et la faim, et trouver cela chez une autre personne était rare. Elle était une âme sœur qui partageait une douleur que personne d'autre ne connaissait. Il avait canalisé sa douleur dans la bataille. Il s'était entraîné pour devenir le meilleur guerrier possible, se faisant une fierté d'abattre l'ennemi, quel qu'en soit le prix. Il portait sa colère avec lui chaque jour. Kindra était l'opposé. Elle aurait pu céder à la rage. Au lieu de cela, elle utilisait sa colère pour aider les autres. Elle s'occupait des descendants de ceux qui l'avaient blessée. Elle consolait et offrait du respect aux mourants. Elle était remarquable. Pier ne pouvait jamais imaginer faire de telles choses.

Kindra était en train de laver et de panser une large blessure sur le côté d'une guerrière. Pier restait immobile à la regarder travailler. Elle offrait des mots apaisants et calmants. Elle consolait les endeuillés qui priaient au chevet des mourants. Elle se précipitait d'un patient à l'autre. C'était une journée chaude, la tente ne faisant qu'empirer la chaleur. La sueur perlait à son front, des mèches de cheveux collaient à son visage, et elle était couverte du sang des autres.

Les autres guérisseurs étaient occupés dans les autres tentes et cabanes, laissant Kindra seule. Elle s'arrêtait de temps en temps pour prendre la plus petite gorgée d'eau. Elle semblait épuisée, comme si elle avait été debout toute la nuit. Pier ne pouvait pas la laisser affronter cette bataille seule. Il avait été méprisant envers elle, même sarcastique. Pourtant, elle avait su voir au-delà et l'avait soigné malgré tout. Elle était meilleure que lui. Elle avait un cœur en or massif.

—Que fais-tu ? demanda Kindra quand il la rejoignit, en train de recueillir des herbes.

—Tu as besoin d'aide, fut sa seule réponse.

—Je n'ai besoin de rien, répondit-elle, lui prenant les herbes des mains, les replaçant sur la table et se glissant dans la pièce suivante.

Pier la suivit et observa attentivement. Il voulait aider mais, en vérité, ne savait pas par où commencer. Une main se tendit d'un lit de camp, tirant sur sa jambe. Un visage brûlé et carbonisé le regardait, un corps si faible qu'il pouvait à peine bouger. Une voix, à peine un murmure, suppliait pour de l'eau. C'est alors que Pier sut ce qu'il devait faire. Prenant de l'eau, il étancha la soif. Allant de lit en lit, Pier aida en rendant les blessés confortables. Il offrit des mots de consolation du mieux qu'il put et berça un enfant en pleurs au chevet de sa mère.

Kindra apparut, le tirant à l'écart.

—Que fais-tu ? Retourne au lit, insista Kindra.

—Je ne peux ni combattre avec un bras cassé ni monter à cheval. Alors laisse-moi me rendre utile ici, dit Pier.

—Tu ne connais rien aux herbes ou aux potions, supposa-t-elle, et elle avait raison.

—Je ne mélangerai ni ne donnerai rien que tu n'approuves. Le moins que je puisse faire est de réconforter les agités, laver les blessures et tout ce que je peux. Tu es débordée. Tu ne peux pas faire tout cela toute seule, proposa Pier, se rendant compte qu'il choisissait ses mots avec beaucoup plus de soin que d'habitude.

—Qui dit que je ne peux pas ? demanda Kindra, croisant les bras et haussant un sourcil.

—S'il te plaît, je vais devenir fou à ne rien faire de la journée, plaida Pier.

Kindra roula des yeux et secoua la tête d'incrédulité, avec un très léger sourire traversant ses lèvres. À contrecœur, elle accepta. Elle lui donna des chiffons, de l'eau et un petit pot du mélange malodorant qu'elle lui avait offert la veille. Puis, lui expliquant brièvement comment l'utiliser et quoi faire, elle l'envoya faire son travail. Elle ne se retourna jamais pour le vérifier, se concentrant uniquement sur ceux dont elle s'occupait. Pourtant, Pier se rendait compte qu'à chaque moment libre qu'il avait, ses yeux la cherchaient dans la foule.

Plus Pier passait de temps dans la tente des guérisseurs, plus il réalisait qu'en fin de compte, tout le monde n'était pas aussi cruel que ceux du passé. Il était encore incapable de laisser tomber sa haine, mais il trouvait que, lentement, elle s'apaisait. Un vieux soldat nordique, dépassant largement l'âge auquel il devrait combattre, raconta à Pier l'histoire de sa famille. Il lui raconta comment il avait rencontré sa femme, ironiquement une Danoise, et comment ils l'avaient cachée pendant des années, la faisant passer pour une Nordique. Tout ce qu'il faisait était pour elle et ses enfants. Ses blessures étaient parmi les pires que Pier ait vues. L'homme luttait contre la douleur et avait besoin de repos. Pier essayait de rester optimiste, mais l'homme savait que sa fin approchait. Pier reconnut un compagnon guerrier et voulut rendre son passage aussi indolore que possible.

—Je reviendrai avec quelque chose pour t'aider à dormir, offrit doucement Pier.

L'homme tendit la main, serrant les dents à travers la douleur de l'étirement. Puis, saisissant doucement la main de Pier, il sourit.

—Merci, mon ami. Si je ne m'en sors pas, trouve ma fille, Estrid, et dis-lui que je suis finalement avec sa mère, dit l'homme, une larme glissant de son œil.

Pier était sans mots. Il serra doucement la main de l'homme, offrant un hochement de tête d'accord avant de partir à la recherche de Kindra.

Kindra n'était pas dans la tente, il chercha dans quelques-unes des plus petites, mais elle n'y était pas non plus. Finalement, jetant un coup d'œil à l'intérieur des cabanes, il tomba sur plusieurs autres guérisseurs qui le dirigèrent vers le hangar de séchage.

Le hangar de séchage était un minuscule bâtiment en bois près de la porte principale. À l'intérieur pendaient des herbes, des étagères remplies de pots de mélanges prêts à être utilisés, et au fond, penchée sur une petite table broyant une roue de pierre, se trouvait Kindra. En regardant autour, Pier fut alarmé. Le hangar était presque vide. Comment soigneraient-ils les malades ?

—De quelles herbes avons-nous besoin ? Où puis-je les trouver ? demanda Pier.

Kindra cria de surprise, sursautant, ne s'étant pas rendu compte que Pier était entré.

—Par les dieux, as-tu l'habitude de surprendre les gens comme ça ? haleta Kindra, sa main serrée contre sa poitrine.

— Seulement mes ennemis, Pier s'arrêta, réalisant son mauvais choix de mots. — Je ne voulais pas te faire peur. J'ai besoin de quelque chose pour soulager la douleur et dormir. Les autres guérisseurs ont dit que tu serais peut-être ici.

Kindra fouilla dans les étagères avant de gémir de frustration. Elle n'avait plus ce dont il avait besoin. Prenant des herbes, des pots de liquide, des feuilles, des graines et des baies, elle prépara rapidement un petit mélange.

— Je ne savais pas que les provisions étaient si basses, dit Pier, réduisant la petite distance entre eux.

Un mélange d'odeurs étranges emplit ses narines, lui donnant le vertige. Les odeurs se contredisaient. L'une le rendait somnolent, et la suivante éveillait ses sens. Il ne voulait pas rester dans l'abri plus longtemps alors qu'il se sentait submergé.

— Avec les forces supplémentaires et tous les blessés, nous avons épuisé nos réserves rapidement. Je n'ai pas encore eu le temps d'en chercher davantage, dit Kindra, mélangeant sa préparation avec rapidité.

— Alors permets-moi de t'aider. Où puis-je trouver ce dont nous avons besoin ? demanda Pier, surpris par la fréquence à laquelle il utilisait le mot « nous » ces derniers temps.

— Nous avons besoin de tellement de choses, et je n'ai pas le temps de t'éduquer sur toutes, soupira Kindra.

La pression de son travail s'intensifiait jour après jour. Pier voulait alléger son fardeau. Cependant, en tendant la main, la pièce commença à tanguer devant ses yeux. Un bourdonnement aigu résonna dans ses oreilles, et son corps devint lourd.

— Pier ? demanda Kindra, bondissant à travers l'espace pour le rattraper avant qu'il ne tombe pour la seconde fois.

Une fois de plus, Kindra se retrouva dans les bras de Pier. Il comptait sur elle pour le maintenir stable. Son corps tremblait, sa vision devenait trouble, et une chaleur qu'il n'avait jamais ressentie auparavant se répandait en lui. La sueur perlait sur son front et coulait le long de son cou. La seule chose qui le maintenait centré était Kindra, sentir sa présence dans son étreinte et son parfum familier qui différait de tout le reste dans l'abri.

— Pier ? demanda Kindra.

Il ne pouvait pas la voir clairement, juste une silhouette de sa silhouette baignée de lumière blanche alors qu'il clignait des yeux frénétiquement.

— Tu as de la fièvre. Laisse-moi regarder ta main, Kindra guida Pier en arrière, le faisant asseoir sur une chaise et tirant son bras.

— Ça s'infecte. Viens, retournons te mettre au lit. J'ai quelque chose pour te soigner avant que l'infection ne t'envoie rejoindre tes ancêtres.

CHAPITRE 7

Pier ne pouvait pas mentir ; Kindra avait raison. Il sentait la maladie s'insinuer en lui. Son estomac se retournait, son corps tremblait, et il avait besoin d'aide simplement pour marcher. Pourtant, il n'était pas assez malade pour ne pas remarquer une femme séduisante quand il en voyait une. Si proche de Kindra alors qu'elle le ramenait au lit à travers le camp, il remarqua des choses qu'il n'avait pas vues auparavant. Elle avait des anneaux sombres autour de ses iris, encadrant la beauté de ses yeux, et un petit grain de beauté sous l'œil droit. Avec son bras autour d'elle, s'accrochant à elle, il pouvait sentir les contours de son corps. Il essaya de détourner son regard, mais c'était impossible. Même avec sa vision double, il pouvait voir la beauté de ses seins sous son tablier. Pas trop gros, juste de quoi tenir dans une main, exactement comme il les aimait.

Le faisant asseoir sur le lit, elle partit chercher sa potion. Pier fronça le nez à l'odeur qui lui donnait envie de vomir, mais Kindra insista pour qu'il la boive. L'allongeant, elle trempa un chiffon dans l'eau froide et le plaça sur son front. Puis, s'asseyant à ses côtés, elle prit le temps de s'assurer qu'il allait bien.

Les effets du mélange agirent rapidement. Une chaleur se répandit en lui, et sa tête tourna d'une nouvelle façon. Sa tête lui semblait légère, lui donnant l'impression d'avoir bu son poids en hydromel, un effet secondaire qui déliait sa langue.

— Tu es une bonne femme, Kindra, sourit Pier, tendant mollement la main pour caresser son visage.

Kindra sourit. Amusée tout en comprenant ce qui se passait, elle repoussa doucement sa main.

— Tu as bon cœur. Je le vois maintenant. J'étais d'abord aveuglé par ta beauté, puis par ma haine obstinée. Mais maintenant je vois clairement, balbutia Pier.

— Chut, rit doucement Kindra, les joues devenant roses.

— Je veux le chanter sur tous les toits. Autrefois aveuglé par la haine, Pier a eu les yeux ouverts par les mains magiques et guérisseuses de Kindra, la guérisseuse norse, chanta Pier un peu trop fort.

Les autres guérisseurs le firent taire, lançant à Kindra un regard agacé.

— Chut, Pier, tu vas réveiller les autres, sourit Kindra, essayant de ne pas rire.

— Tu m'as guéri, Kindra. Pas seulement mes blessures, mais aussi mon esprit. Tu es vraiment magnifique, s'exclama Pier.

— Tu es ivre à cause de ma potion. Tu ne sais pas ce que tu dis, insista Kindra, rougissant davantage.

— La potion a peut-être délié ma langue, mais mes paroles ont du sens. Tu es belle, et te voir sourire... eh bien, c'est un sourire que les dieux devraient envier, sourit Pier.

Kindra continuait d'essayer de faire taire Pier, rougissant alors que ses compliments venaient drus et rapides. Elle repoussait ses mains qui s'égaraient toutes seules.

— Puisque tu l'as miraculeusement guéri, peut-être pourrais-tu faire de même pour nous, railla l'une des vierges à l'épée qui se reposait à proximité.

— Ou au moins donne-lui quelque chose pour tenir sa langue avant que je ne l'arrache définitivement de sa bouche. J'essaie de dormir, grogna une autre.

— Elle est censée guérir, pas séduire les malades, fit remarquer une autre.

Kindra essaya d'ignorer leurs paroles, mais elles la blessaient profondément. Négligeait-elle son poste ? Avait-elle permis à un

Danois de la séduire si facilement ? Comment pouvait-elle oublier tout son passé à cause de quelques douces paroles passant ses lèvres ?

— Oh, taisez-vous. Je suis un homme libéré de la douleur et libéré d'esprit. Je veux célébrer, s'exclama Pier.

— Les vierges ont raison. Tu devrais te reposer. La potion agira plus vite pendant que tu dors, dit rapidement Kindra, fuyant la tente.

CHAPITRE 8

PIER NE SAVAIT PAS quand il s'était endormi ou réveillé ; il pouvait à peine se souvenir de quoi que ce soit après avoir rencontré Kindra dans le hangar de séchage. Une chose était certaine, il se sentait beaucoup mieux, même propre. Sa fièvre était tombée, et il se sentait à nouveau fort. Il attribuait cela à une combinaison des herbes de Kindra et de beaucoup de repos depuis qu'il avait pu rejoindre la bataille.

En regardant autour de lui, il vit que tout le monde dormait encore. Quelques bougies brûlaient toujours, offrant un peu de lumière à la tente. Il ne lui fallut pas longtemps pour réaliser qu'on était au milieu de la nuit. En se tournant sur le côté, il vit Kindra endormie dans une chaise à côté de son lit. Elle semblait paisible, mais il n'imaginait pas qu'elle puisse être très confortable.

Ses cheveux cascadaient sur son visage. Elle paraissait paisible pour la première fois depuis des jours. Pier la regarda avec tendresse. Lentement, sa mémoire commença à revenir. Il l'avait couverte de compliments, avait parlé de choses qu'il n'avait même pas eu le temps d'assimiler lui-même. Mais même si la conversation lui revenait, il ne regrettait rien ; il pensait chaque mot.

Il lui avait dit à quel point il la trouvait belle, combien ses courbes le tentaient. C'était la dernière chose qu'il avait dite avant qu'elle ne s'enfuie. Il se demandait si les paroles coléreuses des épéistes à proximité l'avaient influencée ou si elle se méfiait de lui. Pier tendit la main, déplaçant doucement les cheveux de son visage pour les glisser derrière son oreille. Ses doigts effleurèrent sa joue, et un feu se répandit en lui. Comment avait-elle si facilement fait tomber ses défenses ?

Soudain, une pensée lui traversa l'esprit. Si elle faisait réagir son corps ainsi par un simple effleurement du bout des doigts, que ressentirait-il si elle le touchait - Pas comme une guérisseuse mais comme une femme désirant un homme ? Il se souvenait combien elle avait rougi et accepté ses paroles, sans jamais les repousser. Elle était restée avec lui toute la nuit. Éprouvait-elle des sentiments similaires ?

Son sexe s'était réveillé avec lui, dur et palpitant tandis que son esprit cédait aux images de son corps sous sa robe. Que ressentirait-il en caressant sa peau avec ses lèvres ? Son membre réclamait d'être touché, suppliait pour une libération. Pier était tout à fait disposé à s'exécuter. Avec sa beauté à portée de main, ses yeux parcouraient son corps, se fixant sur sa poitrine qui montait et descendait. Sa main se glissa entre ses jambes ; se saisissant de lui-même, il aspira une bouffée d'air. Essayant de son mieux de ne pas alerter les dormeurs de ses actions.

Kindra fredonna doucement, le son vibrant dans sa gorge. Cela fit grandir Pier, imaginant ses gémissements pendant qu'il lui ferait l'amour. Doucement, Kindra ronfla avant de cligner lentement des yeux, s'éveillant. Elle s'étira et massa la raideur de son cou avant que ses yeux ne dérivent vers Pier dans son moment de plaisir solitaire. Un sourire malicieux traversa ses lèvres, et ses yeux étincelèrent. Elle se pencha suffisamment près pour que lui seul puisse entendre.

— Arrête ça avant de t'attirer des ennuis, souffla-t-elle, son souffle caressant son cou, envoyant un frisson le long de sa colonne vertébrale.

— Que peut faire d'autre un homme quand une beauté comme la tienne est si tentante à portée de main ? demanda Pier, glissant lentement sa main sous sa jupe.

Ses doigts caressèrent son mollet, remontant doucement le long de sa cuisse. Kindra ne fit aucun geste pour l'arrêter, écartant doucement les jambes, lui permettant d'accéder à elle. Pier continuait de se caresser tout en jouant avec les poils entre ses jambes. Doucement, il taquina la partie d'elle qui brûlait le plus. Se penchant plus près, Pier pressa ses lèvres contre ses seins qui menaçaient de déborder de sa robe. Kindra amena sa main plus loin, haletant tandis que la chaleur montait entre ses cuisses.

C'est seulement à ce moment-là que Pier se rappela ce qui l'avait réveillé. Ce n'était pas une nuit de repos ou le corps de Kindra à côté du sien. Un son distant de métal, de chevaux, de pieds qui piétinent... la bataille. Ses yeux s'écarquillèrent, et il s'éloigna.

— Qu'est-ce qui ne va pas ? demanda Kindra, surprise par son départ soudain.

— Tu entends ça ? demanda Pier, saisissant sa tunique et son armure sur le sol près de son lit.

Kindra écouta attentivement, ses yeux s'écarquillant tout d'un coup. — Une attaque ? craignit-elle.

— Aide-moi à m'habiller. Je dois aller combattre.

— As-tu perdu l'esprit ? Tu n'es pas en état de te battre. J'ai besoin de toi ici pour m'aider à protéger les blessés et à me préparer pour ceux qui pourraient arriver, lança Kindra.

— Si je n'y vais pas, il y aura beaucoup plus de blessés à venir, insista Pier.

— Et si tu y vas, tu seras probablement le premier à tomber. S'il te plaît, Pier, j'ai besoin de toi, supplia Kindra, jetant un regard aux corps qui commençaient tous à se réveiller.

Elle avait besoin de lui. C'était tout ce qu'il avait besoin d'entendre. Sans une seconde pensée, il acquiesça, et Kindra l'aida rapidement à s'habiller.

CHAPITRE 9

TRÈS VITE, toute la colonie s'est réveillée au son de la bataille. Les tambours de guerre résonnaient dans l'air, les archers occupaient les remparts, et un petit groupe de guerriers avait été envoyé pour protéger le camp des guérisseurs. Les Britanniques étaient furieux après leur défaite. Ils étaient revenus avec des forces trois fois plus importantes qu'auparavant. Les blessés arrivaient en masse, laissant Kindra et Pier, déjà débordés, en difficulté pour trouver où les installer.

— Il faut déplacer ces gens. Les Britanniques sont en train de massacrer nos forces. Ce ne sera pas long avant qu'ils nous atteignent, dit Pier.

Lars et Triska avaient assigné une petite troupe pour garder le camp des guérisseurs, mais vu la façon dont les Britanniques taillaient en pièces leurs troupes, il ne faudrait pas longtemps avant qu'ils soient appelés sur le champ de bataille. Pier s'énervait de ne pouvoir aider, se maudissant de ne pas avoir vérifié cette maudite sangle de selle.

— Comment ? Si on les déplace, certains ne survivront pas. Je n'ai même pas encore soigné les derniers arrivés, paniqua Kindra en se précipitant vers un archer tombé.

La femme hurla quand Kindra retira plusieurs flèches de son dos. Elle perdait du sang rapidement ; Kindra craignait qu'elle n'y survive pas. Cette guerre ramenait des souvenirs qu'elle s'efforçait de réprimer. Elle ravala ses larmes et canalisa sa colère vers des actions plus utiles.

Les Britanniques étaient venus pour détruire la colonie et tuer tous les hommes, femmes et enfants sur leur passage. Des cavaliers pénétrèrent dans le camp, massacrant tout sur leur route. Les archers déversaient tant de flèches que la lumière de la lune en était obscurcie. Les flèches transperçaient les tentes, blessant les malades et tuant les soignants. La guerre avait atteint le camp des guérisseurs.

— Il faut les arrêter avant qu'ils n'arrivent jusqu'ici, cria une vierge au glaive en entrant dans la tente.

— Faites ce que vous pouvez ; on gère ici, lui assura Pier.

Mais la jeune guerrière n'eut pas l'occasion de rejoindre la bataille. Son visage s'affaissa et du sang coula de ses lèvres. La vie quitta ses yeux tandis qu'elle était envoyée vers les halls du Valhalla. Les troupes avaient percé la ligne de défense, la poignardant dans le dos, laissant tomber son corps au sol comme un sac de farine. La guerre avait atteint le camp des guérisseurs.

— J'ai besoin d'une épée, cria Pier en lançant une chaise sur le soldat qui tentait de déchirer la tente.

— Tiens ! cria Kindra en lui lançant une épée.

À sa surprise, Kindra s'était également armée et chargeait les Britanniques, défendant ses patients avec toute sa force. Elle avait enfin l'occasion d'abattre les démons du passé, libérant toute sa colère sur ceux qui menaçaient de répéter l'histoire.

Kindra et Pier combattaient, protégeant les patients et repoussant les Britanniques hors de la tente. Puis, finalement, en sortant, le véritable désastre de la bataille devint évident. Les portes de la colonie avaient été arrachées, le séchoir était en flammes, son toit criblé de flèches enflammées. Une ligne de cavalerie britannique chargeait la colline. Des femmes et des enfants criaient et pleuraient, tentant de fuir. Les morts jonchaient la colonie. Les Vikings tombaient vite et en nombre.

Les guerriers, assignés par Lars et Triska, gisaient éparpillés autour de la tente. Il n'y avait personne pour les aider. Séparés des forces, Pier et Kindra étaient seuls, se battant de toutes leurs forces pour sauver les Nordiques et les Danois. Arrachant une hache du crâne d'un de ses frères d'armes, Pier la lança à travers le champ de bataille, lui trouvant un nouveau foyer dans le visage d'un archer qui menaçait d'abattre Kindra.

Kindra surprit Pier plus que tout. Elle était guérisseuse, pas une guerrière aguerrie, mais elle se battait comme une Valkyrie. Les vierges au glaive seraient fières si elles pouvaient la voir. Une petite sacoche d'herbes rebondissait sur sa hanche. À un moment, elle sembla presque vaincue. Son épée levée, bloquant une attaque, mais le Britannique poussait plus fort, la forçant à genoux, la lame se rapprochant de son visage. Puis, plongeant la main dans sa sacoche, elle prit une poignée d'herbes et les souffla au visage de l'assaillant.

Surpris, l'homme bondit en arrière, toussant, incapable de respirer. Kindra sauta sur ses pieds, faisant tournoyer son épée. Elle lui trancha la gorge, le frappant dans la poitrine et le renversant au sol. Il ne restait plus qu'un Britannique attaquant le camp des guérisseurs. Kindra et Pier lui firent face avec toute la fureur de leur passé flamboyant autour d'eux. Réalisant qu'il était en infériorité numérique, le soldat sourit méchamment.

— Vous me tuerez peut-être, mais je vous emporterai d'abord, grogna-t-il.

Le Britannique saisit une torche, enflammant le tissu de la tente alors qu'une autre volée de flèches enflammées obscurcissait le ciel. Le camp des guérisseurs commença à brûler. Kindra se lança sur le soldat, maniant son épée avec précision. Elle aurait pu le tuer rapidement, mais elle voulait le faire souffrir. Ses entailles suffisaient à l'affaiblir mais pas assez pour le tuer.

— Tu vas te vider de ton sang lentement. C'est une façon doulou-reuse de mourir, et j'espère que tu souffriras, grogna Kindra, pivotant et tranchant les tendons d'Achille du soldat, rendant toute fuite impossible.

Les flammes se propagèrent rapidement dans la tente. Des cris de peur et de douleur éclatèrent autour d'eux. Ils devaient agir vite s'ils voulaient sauver quelqu'un. Le son d'un cor retentit trois fois. Le signal viking de repli. Tandis que les forces commençaient à revenir à l'intérieur, Pier attrapa plusieurs Vikings, sollicitant leur aide. Kindra et d'autres luttaient contre les flammes, et Pier courut à l'intérieur. Le feu faisait rage et se propageait avec une telle fureur que la seule option était de risquer de se précipiter dans les flammes pour sauver qui ils pouvaient. Le temps pressait, et les flammes devenaient trop importantes pour être maîtrisées avec quelques seaux d'eau. Il revint avec des patients sur sa bonne épaule tandis que d'autres se précipitaient dehors à ses côtés.

— Prenez un chariot ! Ceux qui ne peuvent pas marcher, chargez-les et emmenez-les aux navires. Rassemblez tous les chevaux que vous pouvez pour les autres, aboya Pier en donnant des ordres, et à sa surprise, non seulement il appréciait ce moment de commandement, mais les gens lui obéissaient.

Kindra et Pier aidèrent les patients à monter à cheval, jetèrent les autres dans le chariot, les entassant aussi serrés que possible, envoyant les plus gravement malades aux navires, et les regardant mettre les voiles. La colonie était en flammes ; il n'y avait plus moyen de la sauver maintenant.

— Repli ! résonna sur le champ de bataille.

— Par la forêt. Direction la Pointe, ordonna Pier.

Pier ouvrait la voie, tandis que Kindra encourageait ceux qui voulaient abandonner. Armée d'un arc, elle scrutait les bois à la recherche d'attaques imminentes, décochant ses flèches avec une précision mortelle. Pier savait que c'était une course ouverte jusqu'à la Pointe tant qu'ils pouvaient atteindre les collines, traverser les arbres et descendre vers la côte. Ils seraient en sécurité. Mais leur voyage à travers les bois était cauchemardesque. Les flammes semblaient les poursuivre. La peur et la terreur se lisaient sur les visages de tous ceux qui fuyaient.

Tout ce que les Nordiques avaient connu avait disparu. Pier gardait un œil attentif sur Kindra ; la douleur emplissait ses yeux alors que sa mémoire la ramenait à la dernière fois où elle avait été forcée de fuir son foyer. Pier jura que les Britanniques paieraient pour avoir fait couler des larmes de ses yeux.

CHAPITRE 10

CE QUI RESTAIT des forces combinées de la colonie nordique arriva à un établissement déjà surpeuplé à la Pointe. La nouvelle se répandit rapidement. La colonie nordique n'était pas la seule à avoir été attaquée. La colonie plus au nord sur la côte était également tombée. Maintenant, trois communautés étaient contraintes de se regrouper à la Pointe. Heureusement, la Pointe abritait un vieux château abandonné que les Danois avaient réussi à reconstruire. Ce serait un peu serré entre le château, les navires, les cabanes et les tentes.

Pier et Kindra, avec l'aide des autres guérisseurs, ont rassemblé les patients dans la grande salle et dans plusieurs pièces environnantes. Kindra observait avec émerveillement comment Pier s'entendait avec tout le monde. Malgré le cauchemar qu'ils avaient tous enduré, Pier parvenait à faire sourire les gens. Kindra savait qu'il devait encore souffrir, mais il ne le montrait pas s'il l'était.

Son respect grandissant s'était transformé en quelque chose de plus profond. Elle regardait les vierges guerrières flirter avec lui, leurs mots tombant dans l'oreille d'un sourd. Elle se rappelait la sensation de ses mains sur elle dans les moments précédant la bataille. Elle se souvenait comment, lorsqu'elle avait révélé son passé, il avait fait preuve d'empathie. Il était différent des hommes qu'elle avait grandi à détester. Il se donnait ouvertement aux autres, et elle l'avait même entendu appeler son peuple *frère*. Finalement, elle ne pouvait plus le nier ; elle était amoureuse.

Aussi vite que cette pensée lui réchauffait le cœur, elle la glaçait. Kindra savait qu'ils ne pourraient jamais être ensemble. Leurs peuples collaboraient pour arrêter une guerre. Qu'est-ce que cela signifierait pour eux après ? Ils venaient de deux mondes différents. Pier souriait en traversant la grande salle, mais Kindra sentait son cœur se briser un peu plus à chacun de ses pas. Elle tenta de s'enfuir, mais Pier tendit la main, attrapant son bras.

— Kindra ? Qu'est-ce qui ne va pas ? demanda Pier.

— Je... mon..., balbutia Kindra.

Pier attendit patiemment, caressant sa peau de son pouce. Les yeux de Kindra suivaient ses mains rugueuses qui la réconfortaient, lui donnant assez de courage pour prononcer ces mots.

— Tu m'as déjà regardée avec dégoût parce que je suis Norse. J'ai fait de même parce que tu es Danois. Maintenant, tout est différent. Tu n'es pas comme les Danois que ma grand-mère m'a appris à haïr, et je me retrouve à tenir à toi malgré tout ce que j'ai toujours connu. Mais ce n'est pas possible.

Pier s'approcha, comblant l'espace entre eux et pressant son corps contre le sien. La regardant de haut, il lui caressa doucement la joue, souriant alors qu'elle se penchait contre sa main.

— Je comprends, plus que quiconque ici dans toute la colonie. J'ai été trop rapide à te juger. Je suis heureux qu'une erreur insensée m'ait conduit dans tes bras. Peut-être étions-nous destinés à nous trouver. Il n'y a plus qu'une seule colonie sur la côte maintenant. Nos peuples ne font plus qu'un. Nous pouvons être ensemble et montrer l'exemple à ceux qui partageaient autrefois notre haine. Être la lumière qui guide notre peuple vers l'avant, dit Pier, en l'embrassant doucement sur la tête.

— Mais que se passera-t-il quand l'alliance sera terminée ? s'inquiéta Kindra.

— Kindra, m'aimes-tu ? demanda Pier.

Sans hésitation, Kindra hocha la tête.

— Et je t'aime. Alors ne regardons pas au-delà de demain.

Commençons aujourd'hui. Quand l'alliance prendra fin, nous pourrons recommencer à zéro, où nous voudrons. Je te suivrai à travers mers et flammes. Tu m'as guéri, Kindra. Laisse notre amour guérir les blessures du passé, murmura Pier, posant enfin ses lèvres sur les siennes.

ÉPILOGUE

Avec la grande salle servant de nouveau camp de guérisseurs, Lars et Triska ont rassemblé un conseil de guerre dans la salle à manger. Les éclaireurs avaient fait leur rapport. La colonie nordique était détruite. Il n'y aurait pas de reconstruction cette fois. Le Point s'agrandissait pour accueillir tout le monde alors que d'autres navires de l'autre colonie danoise arrivaient avec les frères Jürgensen et leur famille.

Des plans ont été mis en action. Lars et Triska partiraient à l'aube pour le Danemark, puis se rendraient en Norvège pour consulter leurs rois, présentant un front uni. Birgen et Velika ont reçu le commandement en leur absence, Lanna et Gunnar ont été envoyés pour consulter le village local, et Olga et Sten se sont préparés à construire plus d'abris.

— Pier, Kindra, avancez, ordonna Lars.

S'agenouillant devant leurs commandants, Kindra et Pier attendirent.

— Votre bravoure n'est pas passée inaperçue. Sans vous, nous aurions perdu bien plus. J'entends dire que vous n'avez pas cessé depuis votre arrivée ? demanda Triska.

— C'est vrai, répondit Kindra.

— Eh bien, reposez-vous cette nuit. Les malades seront toujours là demain. Je veillerai à ce qu'ils soient tous bien soignés, sourit Triska.

Trop heureux de s'exécuter, Kindra et Pier prirent congé et se dirigèrent vers une petite pièce vide à l'extrémité du château surplombant la mer. Ils étaient épuisés, désespérément en manque de sommeil. Grimpant ensemble dans le lit de camp, Kindra se rapprocha, s'assurant que les couvertures pouvaient les couvrir tous les deux. Les bruits de la mer agissaient comme une chanson apaisante, apportant la paix au milieu du chaos qui régnait derrière leur porte. Kindra frissonna, et Pier l'entoura de ses bras, la rapprochant davantage, lui embrassant doucement la tête.

Les yeux de Kindra devinrent lourds. Elle se blottit contre Pier, sa tête sur sa poitrine, écoutant les battements lents et réguliers de son cœur. Pier lui caressait le dos tandis que les sons des vagues qui se brisaient et des oiseaux marins qui gazouillaient leur chant emplissaient la pièce autour d'eux. Kindra tendit le bras et le posa sur la poitrine de Pier, prête à laisser le sommeil emporter son corps endolori. Mais maintenant que leurs sentiments avaient été exposés, le repos était la dernière chose à laquelle elle pensait.

Kindra sourit et glissa sa main dans le pantalon de Pier, à la recherche de son sexe. Pier se retourna sur son bon coude, son bras encore en guérison collé contre sa poitrine. Le libérant de son pantalon, Kindra lui retira soigneusement sa tunique, offrant un sourire d'excuse lorsqu'il grimaça en bougeant son bras. Pier observa Kindra se lever, se dépouiller de sa robe avant de le rejoindre sur le lit.

Pier se retourna, se posant sur elle, une montagne de muscles soutenue par un seul bras. Pier avait désiré ardemment son contact depuis qu'il avait réalisé qu'il tenait à elle. Un bras cassé n'allait pas l'arrêter. Sa bouche sur la sienne était tendre, douce et délicate – un baiser d'amour mais avec toute la passion des flammes du désir.

Kindra écarta les jambes et le laissa se placer entre elles, le guidant à travers son entrée, haletant à la sensation de lui qui l'étirait et la remplissait. Pier était imposant, mais il pénétra lentement en elle jusqu'à la remplir complètement. Il savourait la sensation de Kindra s'adaptant à sa circonférence et à sa longueur. Puis il commença à bouger en elle. Il se retira lentement, attendit, et poussa à nouveau. Il traça un chemin de baisers le long de son cou puis remonta jusqu'à ses lèvres.

La lenteur était insupportable. Kindra souleva ses hanches pour rencontrer ses poussées ; elle en voulait plus. Si faire l'amour était grandiose, elle n'avait pensé qu'à son contact depuis leur arrivée au Point. Pier accéléra ses coups, bougeant plus vite, plus fort. Il s'enfonça plus profondément en elle, rendant Kindra folle, s'arrêtant quand elle s'approchait trop près.

Il appuya plus fort, sa respiration plus rapide et superficielle ; elle griffa ses hanches, le tirant encore plus profondément alors que ses gémissements commençaient à remplir la pièce. Kindra enroula ses jambes autour de lui, mordant son épaule et griffant son dos tandis que la chaleur montait en elle. Finalement, Kindra l'entendit haleter et sentit ses tremblements lorsque sa libération survint, ce qui déclencha la sienne. Le sentir se défaire, pulsant en elle, la fit se contracter et le serrer fort. Pier sentit sa réponse et gémit face à la magnificence qu'était Kindra.

Kindra eut des spasmes autour de lui, son dos s'arquant, le forçant plus profondément et envoyant des tremblements à travers son corps. Elle n'avait jamais connu d'extase comme celle-ci auparavant. Pier roula sur le dos, étirant son épaule et essuyant la sueur de son front. Puis, passant son bras sous son dos, Pier l'attira à lui, la faisant s'allonger sur lui.

Kindra tendit la main et sourit, découvrant qu'il était encore dur, encore prêt à la recevoir. Se soulevant, elle glissa sur lui, haletant tandis qu'il l'écartait largement. Elle balança ses hanches en cambrant le dos, ses mains reposant sur sa poitrine. Pier prit ses seins dans ses mains, une vraie poignée en effet, pinçant ses mamelons douloureux tandis qu'elle le chevauchait. Encore frémissants des effets de leur première étreinte amoureuse, il ne leur fallut pas longtemps pour jouir à nouveau.

Haletante, la sueur luisant sur leur peau, Kindra s'allongea sur la poitrine de Pier, s'endormant au rythme régulier de sa respiration, des battements de son cœur et de son doux baiser sur son front.

À L'AUBE, après une nuit de repos relatif, Pier et Kindra se tenaient sur le quai, prêts à voir Lars et Triska prendre la mer. La colonie s'était rassemblée, attendant les mots dont ils avaient tous besoin pour apaiser leurs cœurs tremblants. Lars et Triska ne les ont pas déçus.

— Une alliance a été forgée. Nous ne sommes plus Nordiques et Danois. Ensemble, nous sommes un seul peuple. De puissants guerriers avec un ennemi commun. Nous naviguons vers nos rois pour montrer que notre peuple a mis de côté nos différences et s'est uni pour abattre notre ennemi commun, tonna la voix de Triska pour que tous l'entendent.

La foule éclata en acclamations, en cris de guerre et en chants.

— Nos rois verront quelle force puissante est notre peuple. Regardez-vous tous. Une force avec laquelle il faut compter. Cette terre est notre foyer. Les Britanniques ne nous prendront plus rien. Divisés, nous sommes tombés, mais unis comme un seul homme, nous affronterons toute l'Angleterre. Avec les forces de nos nations combinées, nous amènerons une armée qui fera trembler cette île à la vue des Vikings torrides, et ce sont les Britanniques qui tomberont ! rugit Lars.

FIN
Avez-vous apprécié l'histoire de Kindra et Pier?
Merci de laisser un avis sur Goodreads.
Les avis m'aident à rejoindre de nouveaux lecteurs.

C'était le dernier tome de la *série **Vikings torrides.***

Que diriez-vous d'une romance torride entre une femme pulpeuse et un homme des montagnes taciturne?

Téléchargez ***Nash: L'homme de la montagne*** gratuitement et découvrez la nouvelle série ***Oregon-Trail-Crew***

À PROPOS DE L'AUTEUR

Peyton Lawson écrit des romances historiques vikings torrides. Lorsqu'elle ne rédige pas d'aventures médiévales pleines d'action, elle aime lire et voyager.

www.peytonlawsonromance.com

facebook.com/peytonlawsonromance

x.com/plawson_romance

instagram.com/peytonlawsonromance

amazon.com/author/peytonlawsonromance

bookbub.com/authors/peyton-lawson

tiktok.com/@peytonlawsonbooks

goodreads.com/peytonlawsonromance

www.ingramcontent.com/pod-product-compliance
Lightning Source LLC
Chambersburg PA
CBHW020825260626
47169CB00003B/836